庫

神　隠　し

新・酔いどれ小籐次（一）

佐伯泰英

文藝春秋

目次

「新・酔いどれ小籐次」　おもな登場人物

赤目小籐次《あかめことうじ》
元豊後森藩江戸下屋敷の厩番。主君・久留島通嘉が城中で大名四家に嘲笑されたことを知り、脱藩して四藩の大名行列を襲い、御鑓先を奪い取る（御鑓拝借事件）。この事件を機に、〝酔いどれ小籐次〟として江戸中の人気者となる。来島水軍流の達人にして、無類の酒好き。

赤目駿太郎
小籐次を襲った刺客・須藤平八郎の息子。須藤を斃した小籐次が養父となる。

北川りょう
小籐次と相思相愛の仲。旗本水野監物家の奥女中だったが、御歌学者の血筋で、芽柳《めやなぎ》派を主宰する。

勝五郎
新兵衛長屋に暮らす、小籐次の隣人。読売屋の下請け版木職人。

新兵衛
久慈屋の家作である新兵衛長屋の差配だったが、惚けが進んでいる。

お麻
新兵衛の娘。父に代わって長屋の差配を勤める。夫の桂三郎は錺《かざり》職人。

お夕
お麻、桂三郎夫婦の一人娘。駿太郎とは姉弟のように育つ。

久慈屋昌右衛門
芝口橋北詰めに店を構える紙問屋の主。小籐次の強力な庇護者。

観右衛門
久慈屋の大番頭。

おやえ　　久慈屋の一人娘。番頭だった浩介を婿にする。

秀次　　南町奉行所の岡っ引き。難波橋の親分。小籐次の協力を得て事件を解決する。

空蔵《そらぞう》　　読売屋の番頭。通称「ほら蔵」。

うづ　　弟の角吉とともに、深川蛤町河岸で野菜を舟で商う。小籐次の得意先で曲物師の万作の倅、太郎吉と所帯を持った。

美造《よしぞう》　　竹藪蕎麦の亭主。小籐次の得意先。

久留島通嘉《くるしまみちひろ》　　豊後森藩八代目藩主。

高堂伍平　　豊後森藩江戸下屋敷用人。小籐次の元上司。

青山忠裕《ただやす》　　丹波篠山藩主、譜代大名で老中。様々な事件を通じて、小籐次と協力関係にある。

おしん　　青山忠裕配下の密偵。中田新八とともに小籐次と協力し合う。

神隠し

新・酔いどれ小籐次㈠

第一章　三回忌

一

文政六年（一八二三）五月十六日。

三河蔦屋《つたや》の十二代目染左衛門《そめざえもん》の三回忌法要が大栄山金剛神院永代寺《えいたいじ》においてしめやかに催された。

深川で代々惣名主を勤め、酒問屋を営業してきただけに十二代目の死を未だ悼み、慕う人々が大勢詰めかけた。

施主は、十三代目染左衛門を継いだ藤四郎《とうしろう》が勤めた。

その後見方《こうけんがた》に十三代目の強い要望で赤目小籐次《ことうじ》と北村おりょうが就き、陸奥《むつ》仙台藩六十二万石、伊達《だて》家藩主伊達斉義《なりよし》の名代の江戸家老庄田雁次郎《がんじろう》や成田山新勝寺の管主濱田寛慈《かんじ》大僧正、下総国佐倉藩十一万石藩主堀田正愛《まさちか》、歌舞伎役者の七代目市川團十郎などを筆頭にした大勢の参会者を迎えた。

しめやかに和やかに三回忌の法要が済み、境内に集まった大勢の人々に亡き十二代目の遺言で、賑やかにも紅白の餅まきが行われた。

小籐次はその中に一人だけ浮き上がった人物を目に止めた。白髪頭だが、それほどの齢とも思えない。また武家か町人かの区別もつかなかった。ただ五体から妖しげな気を放っていた。

染左衛門の交友は途轍もなく広かった。そのような人物が三回忌に姿を見せたとしても不思議ではない。小籐次は記憶の片隅に留めて、忘れた。

法要が済んだのち、十二代目と親しかった人々で斎《とき》の場が設けられ、十三代目染左衛門がお礼を述べた。

「父の十二代目が亡くなり、早いもので三回忌を迎え、ご一統様のお助けで無事に法要を終えることが出来ました。深くお礼を申し上げます。父は、ご存じのように成田山新勝寺の不動様の出開帳《でがいちょう》を四度も講中総頭取として行う名誉を担い、五たび目の出開帳を深川八幡境内にて盛況裡に終えた夜に、身罷《みまか》りました。宿願の勤めを果たし終えた夜、亡くなるなどこれ以上の大往生はございません。親父が満足の笑みを浮かべてあの世に旅立っていった顔が今も私の脳裏に焼き付いております。親父がなんとも見事な生き方、死に方をなし得た理由を一つだけ披露させて頂きます」

と言い出した十三代目染左衛門が、ちらり、と珍しくも黒紗の夏羽織を着込んだ赤目小籐次を見た。

「父は死ぬ数年前から宿痾《しゅくあ》にかかり、いつ身罷っても不思議ではない、とお医師が匙《さじ》を投げられたほどの体にございました。その親父が文政四年の成田不動の江戸出開帳を総頭取として果たし終えることが出来たのは、なんとしても十二代目にとって宿願の出開帳を自ら手伝いをなし、最後まで見届けたいという強い執念があったればこそでございました。とは申せ、お医師方がいつ死んでも不思議はないと首を傾《かし》げるほどの体調で出開帳を勤めることができたのは、本日の法要の後見方赤目小籐次様のお助けがあればこそです」

小籐次は驚きの顔で十三代目を見た。

「毎日、出開帳のもよおされる深川八幡の『御旅《おたび》』に詰め、一日を終えて家に戻りますと、床に崩れ落ちて弱々しい息をしておりました。倅《せがれ》の私でさえ、親父、もういい、これ以上頑張ることもないと口にしたいくらいの容態でございました。

出開帳の間、常に親父の傍らには赤目小籐次様がひかえて、寝食をともにしてくださいました。その赤目様が息絶え絶えの親父に体を揉みほぐしながら話しかけておられますと、親父の弱々しい息がいつしか穏やかなものへと変わるのでございます。口が利けるようになった親父が、『酔いどれ様、おまえ様が酒を飲む姿を見せてくれんか』と願いますと、赤目様が、しぶしぶ、いえ、嬉しげにうちにある三升入りの大杯でなみなみと注がれた酒を飲み干されました。その光景をなんとも満足気な顔で、見ておるのでございました。すると自らも酒を頂いたように上気した顔になり、『今日も無事に勤め終え、酔いどれ小籐次の晩酌を見ることが出来た』と安堵《あんど》の言葉を呟きながら、赤目様からその日の出来事を聞いて、夕餉《ゆうげ》を食し、新たなる英気を頂戴し、明日への執念を燃やしたのでございます。そして、成田不動出開帳が終わった夜、赤目様が酒を飲む姿を見ながら、『酔いどれ小籐次の酒を飲む姿を見るのも今宵が最後、私はなんの悔いもないよ。こんな日が迎えられるとは』と呟きながら、にっこりと微笑《ほほえ》みを残したまま、あの世に旅立ちました」

十三代目三河蔦屋染左衛門の思いがけない挿話に、一同が驚きの顔で耳を傾けていた。

三河蔦屋の家族親類縁者の中には、初めて話を聞かされ、眼を潤ませた者もいた。

いちばん狼狽し、困惑しているのは、小篠次だった。眼を白黒させて、落ち着かない風情だった。そのかたわらに座す北村おりょうが、小篠次の落ち着かない手をそっと握り締めているのが、皆の眼に映った。

赤目小篠次と北村おりょうの組み合わせは、

「酔いどれと美形」

と二年前の出開帳の折もしばしば評判を呼び、読売などに面白おかしく書かれた。

出開帳のお参りにきた人の中には、

「北村おりょう様もよ、だいぶ変わり者だよな。あれだけの美形だよ、男は放っておかないよ。その上、芽柳《めやなぎ》派を率いる女歌人だというじゃないか。なにもあんな爺侍を相手にしなくてもいいのにな」

「おまえね、赤目小篠次様がどれほどのご仁か知らねえな。元を糾《ただ》せば、豊後国《ぶんごのくに》の小藩の馬廻り役だ。この下士が江戸じゅうを沸かせる騒ぎを起こしたのは、文化十四年（一八一七）というから四年前のことだ。城中でよ、城なし大名と同じ詰めの間の大名四家に殿様が嘲笑されたことを知った赤目小籐次様はよ、藩を辞すと、参勤下番の行列に独りで次々に殴りこんでよ、大名行列の御鑓先《おやりさき》を斬り落として四家を震え上がらせ、詫びを入れさせたんだよ。それを独りでやり遂げなさったんだよ。人は見かけによらないや、おりょう様は、赤目小籐次様の、度量と忠義心に惚れられたんだよ」

「そんな話があるのか。おれがおりょうさんならよ、なよっとした若い役者に入れ込むがよ」

「おめえ、そんな風だから櫓下《やぐらした》の女郎にも愛想を尽かされるんだよ」

なんて話が毎日のようにあちらこちらで交わされた。


「……三回忌法要で紅白の餅まきを為《な》したのは、親父が亡くなる前に私どもにたっての願いと言い残したからでございました。それともう一つ、親父が三回忌の法要の場でぜひ披露してくれと言い残したことがございます。赤目小籐次様、最前から勝手に名をたびたびお出し致しましたが、親父の遺言を聞き届けてはくれませぬか」

「十二代目の願いとはなんでござろうか」

小籐次は、居心地が悪いという顔で十三代目の染左衛門を見た。

「朱塗りの大杯にて、酔いどれ様の飲みっぷりをあの世から眺めたい。これが最後のわが儘《まま》ゆえ、酔いどれ様に、いえ、赤目小籐次様にたって願ってくれとのことでございました」

「爺が酒を飲むことが法要の一環になりましょうか。この場には、成田不動の管主様も永代寺のご住職も深川八幡の神官様も、二年前の出開帳の折、中村座で『伊達《だて》模《も》様《よう》解《げ》脱《だつ》絹《きぬ》川《かわ》』を演じられた七代目市川團十郎丈《じょう》もおられます。どうか、酔いどれ爺の外道芸はなしにして頂けませぬか」

小籐次が必死の形相で染左衛門に願った。だが、

「いや、これはな、十二代目の三回忌法要だけではなかろう。文政四年の成田不動出開帳の大締めでもございますよ。私は酔いどれ小籐次様の飲みっぷりを拝見しとうございます。なんのなんの、ご当人は外道芸などと申されますが、私どもの仲間の役者、眼千両《めせんりょう》の岩井半四郎丈と、市村座盆芝居『薬《や》研《げん》堀《ぼり》宵《よい》之《の》蛍《ほたる》火《び》』で共演なされ、『眼千両に一首千両《ひとくびせんりょう》、眼首二千両』と市村座の頭取を狂喜させた芸の持ち主、外道芸であろうはずもない」

と市川團十郎が言い出し、小籐次の困惑をよそに、

「朱塗り大杯飲み納め」

の場が急ぎ設けられた。

「困ったぞ、おりょう様」

「十二代目三河蔦屋様の遺言、と十三代目が申されたのです。赤目様、ここはいちばんご披露なされませ。しくじられたときは、おりょうも剃髪して詫びまする」

「なに、北村おりょうが剃髪するてか、それは勿体ない。赤目小籐次、ここはいちばんおりょうのために見事飲み納めよ」

伊達藩の江戸家老庄田が言い出し、もはや小籐次も覚悟するしかない。

黒羽織を脱いだ小籐次は、十二代目の位牌、

「深川不動尊染居士」

に向って一礼すると、下座に向った。

「こちらに場を願いたい」

小籐次はあの世の十二代目とこの場にあるご一統が見えるように、下座に場を設けてもらうことにした。

四斗樽《しとだる》が三河蔦屋の若い衆によって運ばれてきた。

小籐次が四斗樽の鏡板の前に立ち、素手で触っていたが、

ぽん

と軽く叩くと鏡板が二枚割れ飛んだ。

おおっ！

と一座が沸いた。

男衆《おとこし》二人が五升入りの大杯を持ち、もう一人が竹の大柄杓《おおひしゃく》で、なみなみと酒を注いだ。それをそろりそろりと小籐次の前に運んできて、若い衆は左右から大杯を支えたままだ。

ふたたび小籐次が位牌に眼差しをやり、

「十二代目はたしかにわが儘なお人であった。亡くなられたのちも赤目小籐次に酒飲み芸を披露せよと無理難題を言い残された。

赤目小籐次、二年前の出開帳の光景がまざまざと蘇り申した。あれほどの人出を集めたのは、成田不動の御利益と深川八幡をはじめとしたご一統様の助勢の賜《たま》物《もの》、さらには市川宗家が中村座で出開帳に合わせて演じられた不動明王の功徳《くどく》にござった。そして、最後に染左衛門様の執念と信心があったればこそ、その方々に改めて想いを致し、赤目小籐次、飲み納めを、三河蔦屋十二代目の染左衛門様

への別れと致しとうござる」

と宣告した。

「いよっ、酔いどれ小籐次！」

と一同の中から声がかかった。

小籐次が顔を上げた。

額が禿げ上がった大目玉、だんご鼻に大耳と不細工な大顔は年老いて、愛嬌の漂う慈顔に変わっていた。

不意に小籐次が大杯の前に立ち上がった。五尺一寸の矮軀《わいく》は変わりない。

姿勢を正した小籐次の口から朗々とした声が響き渡った。

「青山　北郭に横たわり、
白水　東城を遶《めぐ》る
この地、一たび別れを為さば
孤蓬　万里を征《ゆ》く」

いったん李白の別離の歌を止めた小籐次が両手を軽く大杯に添え、両脇の若い衆に合図をすると、口を大杯に近付けた。

京都洛中の酒屋で造られた下り酒の香りが、小籐次の鼻孔を擽《くすぐ》った。

「うーむ、なんともよき香りかな、染左衛門様や」
と洩らすと、口を大杯の縁に寄せ、
くいっ
と飲んだ。すると大杯の酒が、小籐次の口へと渓流を流れ下る水のように勢いよくも整然と飲み込まれ、
ごくりごくり
と喉が鳴った。そして、ゆっくりと段々に大杯が立てられてゆき、酒にてらてらと光る大顔がついには、大杯に隠れて消えた。
まるで小籐次の顔が大杯に化けたようだ。
ひょい
と小籐次が手を放し、男衆が飲み干された大杯の底に一滴も残ってないことを指し示して退《さが》った。
小籐次の酔った口から最前の続きの別離の歌が歌われた。
「浮雲　遊子の意
落日　故人の情
手を揮《ふる》って　茲《ここ》より去る

蕭蕭《しょうしょう》として　班馬鳴《いなな》く
蕭蕭として　班馬鳴く」

と最後の一句を繰り返して謡《うた》い納めた。

しばらく座に沈黙があった。その静寂を破って、

「いよっ、赤目屋、三国一！」

と市川團十郎七代目が化粧声《けわいごえ》をかけたのを機に、万雷の拍手が湧き起こった。

「赤目小籐次様、これで親父はあの世に旅立ちました、有り難うございました」

十三代目の染左衛門が瞳を潤ませて礼を述べ、座が一気に賑やかになった。

小籐次が座に戻ると、真っ先に團十郎が徳利を手に小籐次の下《もと》にきた。

「赤目様の酒は、一大の芸にございますよ。どのような役者が真似ようともできませぬ。私に酒を注がせて下され」

市川宗家に願われて、小籐次は、

「これは困った。おりょうどの、わしは團十郎丈から酒を注いでもろうて失礼ではないか」

「成田屋様には、おりょうが酌をさせて頂きます。かようなことは生涯に一度あるかなしかの栄《は》えでございます」

おりょうの言葉に小籐次は團十郎から酒を受け、その徳利をおりょうが貰い受けて團十郎の杯を満たし、

「私め、赤目小籐次様に惚れました。この時かぎり赤目様は私めの兄御にございます」

「天下の市川團十郎丈を弟とは滅相もない」

「いえ、決めました」

と二人が一つの杯の酒を飲み分け、

「おりょう様にも酒を注がせて下されよ」

と團十郎に願われて、おりょうを加えた三人が新たに酒を注いで飲み干した。

それがきっかけで斎の場にいた全員が小籐次の杯を貰いにきた。

最後には、成田山新勝寺の管主と市川團十郎と小籐次が酒を飲み分けたり、伊達家の名代の江戸家老の庄田が加わっての酒合戦となり、十二代目三河蔦屋の賑やかな三回忌になった。

斎が終わったのは、四つ（午後十時）の刻限だった。

最後に永代寺の境内の料理茶屋を出たのは、赤目小籐次とおりょう、それに三河蔦屋の十三代目の家族だった。

「赤目様、親父が生きておったら、かような三回忌に大喜び致しましたでしょうに、いないのが残念です」

「染左衛門様や、この世におられれば三回忌など催さずとも済む道理ではないか」

「そのとおりにございますが、うちの親父はあの世で悔しがっておりますよ。赤目小籐次様の独壇場の法事にございました」

「いささかそれがしだけがはしゃぎ過ぎたと思える」

「いえ、酔いどれ様ならではの芸にございます」

「これにて失礼致す」

赤目小籐次はおりょうを連れて、富岡八幡宮《とみがおかはちまんぐう》の船着場へと向った。三河蔦屋の屋根船が待っているのを承知していた。

蓬莱橋《ほうらいばし》が見える船着場まできたとき、人影が立って待ち受けていた。

武芸者か、裁《た》っ付袴《つけばかま》に袖なし羽織を着ていたが、長年の旅塵に汚れていた。

「赤目小籐次か」

「いかにも赤目小籐次じゃが、そなたは」

「荒沢天童《あらさわてんどう》」

「なんぞ御用か」

「命を貰い受けたい」

「ほう、して謂《いわ》れがあってのことか」

「われにはない。世過ぎ身過ぎでござる」

「たれぞに頼まれたということか」

「どう考えられてもよい」

「今一つ訊ねておこう。答える答えないはそなた次第」

「なにか」

「本日、深川の惣名主三河蔦屋の十二代目の法要がござった。そのこととそなたの用事は、関わりがござるか」

「問答無用」

と応じた相手が剣の柄《つか》に手をかけた。

「おりょう様、わしの背中に回られよ」

と命じた小籐次が相手に向き直った。

酒が残っていた。

そのことが勝負にどう影響するか、小籐次は五十路を過ぎていた。

相手は三十二、三か。身丈は六尺を優に超えていたが、無駄な肉は一切身につけていなかった。

小籐次が荒沢天童と向き合ったとき、

「火の用心、さっしゃりましょう！」

の声が富岡八幡宮の船着場に響き、金棒の鉄輪《かなわ》が鳴る音に拍子木の音が重なった。

ちらり

と夜回りを見た荒沢が、

「赤目小籐次、勝負はこの次」

と言い残すと闇に溶け込むように消えた。

ふうっ

とおりょうの吐息がして、小籐次はおりょうを振り返った。

二

屋根船が夜の大川を遡行していた。

障子を建て回した胴の間に茶まで仕度してあった。

二人船頭の屋根船だ。

十二代目染左衛門の三回忌法要の後見方を勤めた赤目小籐次への、三河蔦屋からの感謝の気持ちだった。

おりょうが茶を淹《い》れながら、

「なんともよい法要でございました」

と小籐次に微笑みかけたものだ。

「十二代目のお人柄、人徳であろう。なにより成田不動尊に帰依なされる想いはだれよりも大きかった。講中を率いて何度も江戸の出開帳の総頭取を勤められ、文政四年の出開帳は、どの出開帳よりも大盛況裡に導かれた」

「成田屋様の手助けも大きゅうございますね」

「市川宗家が成田不動の出開帳には必ず成田不動を崇める芝居をなされて、川向こうから守り立ててくださる。江戸じゅうが沸くわけじゃ。それがし、二年前の出開帳を微力ながら手助けして、成田不動の深川八幡出開帳は、別格と感じいった」

おりょうが頷き、茶を差し出した。

「頂戴しよう」

茶を喫しながら二人は、二年前の文政四年の成田不動の深川八幡出開帳の大盛況を思い出していた。


深川八幡の出開帳は、永代橋架橋と大いに関わりがあった。

大川河口付近で江戸は二つに分断されていた。繁華な日本橋から日本橋川を東南東へ下ると箱崎橋があって、大川の中洲の一つ、永久島があった。

幕府は元禄十一年三月二十五日に、

「けふ関東郡代伊奈半左衛門忠順《ただのぶ》に、深川大渡に架橋の事仰付《おおせつけ》らる」

と『徳川実紀』に記されているように、普請を命じた。深川大渡とは、大川河口付近を結ぶ船渡しのことだ。

伊奈関東郡代は、寛永寺根本中堂の余材で永久島、のちの北新堀町より大川河口の深川佐賀町へ創架した。長さ百十間、橋名は、佐賀町辺りを古来永代島と呼んでいたことに由来する。また一説には、五代将軍綱吉の五十歳の祝賀をこめてのこととも伝えられる。

「此橋すぐれて高し（中略）江戸第一の大橋なり。此所大湊にて、万国の廻船これより鉄砲洲へさしてかかる也。川幅凡《およそ》百二十間余」（『江戸砂子』）

とか、

「この所は諸国への廻船輻輳《ふくそう》の要津《ようしん》たる故に、橋上至って高し」（『江戸名所図会』）

この橋の完成によって、大川河口付近は江戸と深川が一体化されることになったのだ。

富岡八幡宮は、架橋以前からあった。当初、油堀南岸であった付近に鎮座していた。

祭神は応神天皇であり、社名は江戸時代、

「とみがおか」

とよび、「富賀岡」とも記した。また里人は、

「深川八幡」

とよび、崇拝した。

別当は、真言宗大栄山金剛神院永代寺であった。

寛永元年に長盛《ながもり》が八幡宮の霊瑞があるとして永代島に下り、幕府に永代島八幡旧社が再興を願い出て許され、寛永四年にこの地に鎮座した。

この当時は、葦《あし》が生い茂る場所で、永代島の中に白羽の矢を見付けて、八幡神体を鎮座した。そして、寛永十三年に大規模な社殿を造って、府内一の大社になった。

とはいえ、府内から見れば川向こう、江戸から離れている地ゆえ、参詣の者も少なく繁盛しにくかろうというので、幕府は、

「慈悲をもってご法度《はっと》」

を緩やかにした。

深川八幡の門前、二、三丁に茶屋を許し、女を置くことを目こぼししたのだ。なかでも鳥居内の洲崎《すさき》の茶屋は、十五、六の美形な娘を抱え、酌をさせ、当世流行の伊勢踊りを踊らせたりしたので、吉原の遊女連も、

「爪をくわえ、塵をひねった」

ほどに嫉妬する勢いであったという。

このような場所に永代橋が架けられ、江戸と、

「地続き」

になったのだ。

深川一帯は、浅草、両国に次ぐ盛り場として栄えることになった。

富岡八幡宮、つまりは深川八幡の祭礼は、俗に、

「山開《やまひらき》」

と呼ばれて、山車《だし》、練物が出て、大いに賑わった。だが、それゆえ悲劇も起こった。

文化四年（一八〇七）の祭礼では、十二年ぶりに山車、練物が出るというので、見物人が永代橋に詰めかけて、その重みで橋が落ちて死者、不明者を千五百人も出すことになった。

文化十一年の深川八幡の成田不動尊の出開帳は、十二代目三河蔦屋染左衛門にとって、七年前の悲劇の供養の意味があった。

成田山の出開帳も、永代橋架橋と深い関わりがあった。

橋が架けられたばかりの元禄十六年四月十七日から六月二十七日まで、深川八幡に参詣客を呼ぼうと境内で出開帳が初めて催された。これが深川八幡における成田不動尊の出開帳の嚆矢《こうし》であった。

この時期に合わせて、四月二十一日から六月二十七日まで、初代市川團十郎が、

「成田山分身《ふんじん》不動」

を森田座で上演し、團十郎が胎蔵界の不動を、子の九蔵《くぞう》が金剛界の不動を演じ

て大当たりをとった。この九蔵、子宝に恵まれなかった團十郎が成田不動に祈願して授かったので、成田不動の分身と呼ばれることになる。ゆえに市川家は代々屋号を、

「成田屋」

とすることにした。

以来、成田不動の出開帳は深川八幡、その出開帳に合わせて市川宗家が、不動明王を材にとった出し物を上演する仕来《しきた》りができた。

深川八幡に参詣した者たちが團十郎の芝居に駆け付け、芝居を見物した客が深川八幡を参詣し、出開帳を見物お参りする。三者それぞれに補い合う構図で、出開帳を、團十郎芝居を盛り上げたのだ。

この團十郎芝居には、江戸の人間の心理を巧みに突く仕掛けがあった。

江戸の住人にとって最大の恐怖は、火事であった。徳川幕府の治世下、江戸は何度もの火事に見舞われ、市中が灰燼《かいじん》に帰した。

成田不動尊は、火伏せりのご利益があるとされ、熱烈な信仰の源になっていた。その江戸っ子の気持ちを市川團十郎が巧みに汲みとり、演じたのだ、大当たりしないわけがなかった。

「中村座の『伊達模様解脱絹川』の不動明王も立派でございました」

とおりょうが言った。

出開帳の間、赤目小籐次は、出開帳の総頭取、勧進元のような役目を果たす染左衛門と「御旅」で文字どおりに寝食をともにした。御旅とは成田山新勝寺の成田不動尊が仮に留まる所であった。染左衛門は、病の身で、

「なにがあってもいけない」

と連日「御旅」に詰めたのだ。

その間、駿太郎《しゅんたろう》は、須崎村の望外川荘《ぼうがいせんそう》のおりょうの下で過ごしていた。

ために小籐次は、七代目の芝居を見物していない。また、出開帳が終わった五月の十六日に出開帳の元締め、総頭取を勤めた染左衛門が亡くなって、出開帳の跡始末と染左衛門の弔いでとても芝居見物どころではなかった。

「なんとも忙しい夏であった」

「小籐次様は、『唐人踊り』も見ておられませぬか」

「境内で評判を攫《さら》ったのは軽妙な仕草と異人のなりの『唐人踊り』であったな。

それがしは、染左衛門様に従って境内を見廻った折、見物した。えらい人だかり

で、身丈が低いわしなどはよく見えなかったがな、唐人の言葉と鳴り物は耳に残っておる」

文政四年の出開帳の境内で爆発的なあたりをとったのが、唐人踊り、あるいは看々《かんかん》踊りと呼ばれた見世物であった。

この唐人踊りは、肥前長崎の唐人屋敷で毎年春二月二日の土地神の祭りで行われるもので、成田不動尊の出開帳に出せば客を呼ぶことができようと、ある興行師が考えたものだ。

唐人らしい派手な衣装に、笛、ラッパ、蛇皮線《じゃびせん》、胡弓、太鼓などの賑やかにも哀愁漂う囃子《はやし》で、唐人言葉で歌い踊るのだ。とくに江戸っ子の心を捉えたのが、清《しん》楽の「九連環」を月琴に合わせて踊る出だし、

「カンカンノウ、キウレンス」

を見物の誰もが覚えて、いっしょに歌い囃した。ためにこの唐人踊りを、

「カンカンノウ」

あるいは看々踊りと呼んで、江戸じゅうで流行った。

深川八幡の出開帳が終わっても、この唐人踊りは飴売りなどが真似をして、さらには長崎訛《なま》りの卑猥な歌詞で歌い、女飴売りは裾をひらひらめくったりしたの

で、翌年の文政五年二月に幕府は、唐人踊り、カンカンノウを禁じた。

「早いものじゃ、染左衛門様が逝かれて二年が過ぎた」

「はい。変わらぬのは私どもの間柄でございます」

「変わらぬといかぬか、おりょう様」

「私どもは夫婦《めおと》にございます」

「それがどうした」

「夫婦なれば同じ屋根の下に住むのが当然のことにございましょう」

「通い夫ではいかぬか」

と小籐次の問い返す声が段々と小さくなった。

おりょうの手が小籐次の手に重ねられた。

「そなたは、今や江都を代表する歌人にして芽柳派の主宰者じゃぞ。わしのようなむさい爺が傍らに控えていたのでは、決してよい評判は飛ぶまい」

「私は独り身を売って門弟を集めているのではございません」

「それは承知じゃが」

おりょうが小籐次を睨んだ。この話題になると小籐次の小さな体がいよいよ小さく萎《しぼ》んで顔が伏せられた。

「おりょうといっしょに同じ家に住むのが嫌なのでございますか」

「いつもいうておるが、そうではない」

「どこぞにお好きな女子《おなご》がおられますか」

小籐次が顔をぱっと上げて、

「そのようなことがあろうはずもない、おりょう様」

と顔を激しく横に振って抗弁した。

おりょうが小籐次の手を両手で握り、胸に寄せた。小籐次の手におりょうの胸の鼓動が伝わってきた。

「分っております。赤目小籐次という男、長屋暮らしを生涯続ける気でございましょう。豊後国森藩の殿様に未だ忠誠を尽す証《あかし》じゃと考えておいでなのですね。旧主久留島《くるしま》通嘉《みちひろ》様に生涯陰奉公するお積りでございますね」

おりょうの詰問に小籐次は顔を再び伏せ、黙り込んだ。

「分っておりますよ」

「分っておるとはなにがじゃ、おりょう様」

「赤目小籐次はおりょうの生涯の伴侶、主様にございます」

「勿体ないことじゃ」

「いつもそう言うて逃げられます」

「逃げてなどおらぬ」

大きな吐息をなした小籐次が、

「おりょう様、とある人間、この世の花を娶《めと》ったとせよ、それ以上の幸運はあるまい。おりょう様を嫁にした男はすべての運を使い果たし、あとは不運な身に坂道を転がり落ちるだけじゃ。赤目小籐次、それが怖い」

「天下の勇者赤目小籐次様が怖いことがございますか」

「ある。おりょう様を失うことがなによりも怖い」

小籐次は正直な言葉を重ねた。

おりょうが、がばっ、と小籐次の体をしなやかな胸に抱き寄せた。

小籐次の鼻孔におりょうの芳しい香りが満ちた。

「頭がくらくらする」

「今宵は寝かせませぬ」

「駿太郎が寝ておるぞ」

「最近は剣術の独り稽古を日中なされますので、夜分はぐっすりと眠り込んでおられます。それに駿太郎は、私どもの子でございます。夫婦仲がよいことを子どもに教えるのは悪いことではございますまい」

おりょうが大胆なことを言い、小籐次の耳たぶを軽く噛んだ。

「それはそうじゃが」

「私も時に考えます」

小籐次がおりょうの顔を見て、

「な、なにをじゃ」

「いえ、赤目小籐次様が芝口新町の裏長屋に住み、時におりょうの下に通ってこられる暮らしは寂しゅうございます。一方で始終顔を合せぬ夫婦ゆえ、久しぶりに会うた折、恋しさが何倍も募ります。初めて二人が出会うたときのような気持ちにございます」

「おりょう様、そのことじゃ。わしはおりょう様が十六で水野家に奉公にあがった折、門前で見かけたおりょう様の初々《ういうい》しくも美しい顔が今も脳裏に残っておる」

「あれから長い歳月が経ちました。赤目小籐次様が恋したおりょうは消え失せております」

「違うぞ、おりょう様。年々歳々、おりょう様は神々《こうごう》しいほどに磨かれて美しさを増しておる。わしにとっておりょう様は、触ってはならぬ観音菩薩様じゃ」

「私どもは夫婦にございます。時におりょうは赤目様に抱き締めて頂けぬと、どこかに飛んで参ります」

「それが怖いのだ、おりょう様」

「夫婦の間に様など敬称は要りませぬ、おりょう、と呼び捨てにして下さいまし。ほれ早く」

「おりょう、と呼んでよいか」

「はい、旦那様」

小籐次はおりょうの胸に抱かれて陶然としていた。

すると櫓《ろ》の音が変わり、

「赤目小籐次様、おりょう様よ、望外川荘の船着場のある遊水池に近付いてきたぞ。どうするね、このまま流れを遡って一晩二人して睦言《むつごと》を言い合っておるかな」

船頭の声が問うた。なんと船頭は昵懇《じっこん》の冬三郎《とうざぶろう》だった。

「なに、冬三郎さん自らわれらを送ってきてくれたか」

冬三郎は三河蔦屋に代々奉公する家系で、深川惣名主にして酒問屋の持ち船を束ねる主船頭であった。

冬三郎とは、初めて十二代目の染左衛門の供で成田山新勝寺を訪ねて以来の間柄で、文政四年の成田不動尊の出開帳の催しも、いっしょに染左衛門のために汗を流したのだ。小籐次の暮らしをすべて承知していた。おりょうとの仲もむろん承知していた。それにしても冬三郎が送ってくれるとは、小籐次は考えもしなかった。

「冬三郎どの、夫婦の睦言、聞き流して下さいまし」

「おうおう、この次な、望外川荘を訪ねた折に、なんぞ馳走でもして貰いましょうかな、おりょう様」

「いつでもお出で下さいまし」

「待っておる」

と長屋住まいの亭主も言葉を添えた。

「酔いどれ様、かようなときにしか話せぬで、聞いてくれぬか」

「なんじゃな、冬三郎さん。そなたとは出開帳の仕度の折から付き合うてきた仲、なんでも申されよ」

しばし沈黙した冬三郎が櫓を使いながら、言い出した。

「うちは赤目様夫婦が承知のように三河蔦屋に代々奉公してきた。だがな、わしは、これほど昵懇にお仕えした主様は十二代目お一人だけじゃった。その染左衛門様が五臓六腑に腫瘍が広がって、明日に息を引き取ってもおかしくないと何人もの医者に言われたものを、赤目小籐次という稀代の武芸者が、渾身込めて振り下ろす刃で何度も病魔を追い払ってくれた。そして、文政四年、生涯五度目になる成田山新勝寺の出開帳の講中総頭取を立派に勤め上げられて、死んでいかれた。これ以上の大往生があろうか。わしはな、赤目様よ、大旦那の微笑みを漂わした死に顔を今も記憶しておるぞ。これまで赤目様に礼の言葉を言うたこともない、これからも口にすまい。そんなことで済む話ではないからな。だが、一度だけ言わしてくれ。赤目小籐次様は、わしの恩人じゃ」

「なんということを」

「酔いどれ様、そなたら夫婦の睦言を聞き流すくらいなんでもないぞ」

「冬三郎さんの言葉でなければ、私ども夫婦は脅かされているようでございますね」

「おりょう様、天下の酔いどれ小籐次を脅す兵《つわもの》などどこにおるものか」

と応じた冬三郎が、

「おうおう、犬を連れた駿太郎様とあいさんが船着場に出迎えておられますぞ。しばらく見ぬ間に駿太郎様は凛々《りり》しいお子になられましたな、さすがに赤目様のお子、腰の刀がぴたりと決まっておりますぞ」

と二人に言いかけ、小籐次が屋根船の障子を引き開けた。すると十歳になった駿太郎が、飼犬のクロスケの手綱を引いて、

「父上、母上のお帰りをクロスケが教えてくれました」

と出迎えた。

二年前の染左衛門の弔いの日、小籐次がおりょうといっしょに望外川荘に戻ったら、黒い仔犬を抱いた駿太郎が二人を船着場で待ち受けていた。

「爺《じい》じい、おりょう様、捨て犬です。このクロスケの兄弟はみんな死にました。このクロスケだけが生き残って鳴いていたのです。望外川荘で飼うてはなりませんか、おりょう様」

と願い、

「駿太郎さん、クロスケと名までつけられたのですね。本日は三河蔦屋十二代目の弔い、染左衛門様の生まれ変わりかもしれませんね」

と応じたおりょうが仔犬を飼うことを許し、望外川荘の一員になった犬だ。その犬は二年が経って、立派な成犬に成長していた。

「駿太郎、ただ今、このおりょうをなんと呼ばれましたか」

「母上、と呼びましたが可笑《おか》しゅうございますか。あいが、おりょう様は赤目小籐次様のお嫁さんゆえ、駿太郎様にとっておりょう様は母上ですと教えてくれました。だからそう呼びました。可笑しゅうございますか」

おりょうが屋根船から船着場に下り立つと、駿太郎をひしと抱いた。するとクロスケが、わんわんと吠えた。

三

小籐次は次の朝、いささか寝坊をした。

隣りに同衾《どうきん》したはずのおりょうの姿はなかった。だが、夜具の中におりょうの残り香がそこはかとなく漂い、小籐次に昨夜のおりょうの狂乱ぶりを思い起こさせた。

「いかぬいかぬ」

とおりょうの姿態を脳裏から追いやった小籐次は、寝床の中で、

(そろそろ研ぎ仕事に戻らぬと得意先を失くすぞ)

と己に言い聞かせた。

駿太郎に剣術を教え込むには望外川荘ほどうってつけの環境はない。野外の剣術場といってよいほどの広い庭があった。だが、小籐次は駿太郎を、

「武士」

として育てながら、おりょうと一緒に暮らすことを自ら拒んだのだ。

剣術修行はそれほど生易しいことではないと、父親から叩き込まれた修行時代を思い起こして感じていた。さらに、もう一つ隠された真実があった。

駿太郎は、小籐次の実子ではない。

小籐次は子連れの刺客、心地流の達人須藤平八郎と、相手の謂れは別にして剣術家として、

「尋常な勝負」

を為し、勝ちを得た。

その折、須藤との約定《やくじょう》があった。

「それがしが死に至ったときには、駿太郎のこと、赤目小籐次どのに託したい」

との言葉に従い、赤子の駿太郎を育てる羽目に落ちた。

駿太郎は文化十一年（一八一四）の春の生まれで十歳になっていた。すでに赤目小籐次の、

「養子」

として芝口新町に届けを出し、認められていた。だが、駿太郎は、いつの日か、

「真実」

を知るときがくる。そのとき、小籐次は、実父須藤平八郎を斃《たお》した、

「仇《かたき》」

として駿太郎から刃《やいば》を向けられることも考えられた。それが武士の生き方であり、とるべき道であった。

小籐次は、武芸修行を通じて技ばかりか、

「武士が進むべき道」

を駿太郎に教えていた。

いつか、養父である小籐次と養子である駿太郎には、武士の一分のために戦う日が訪れるかもしれないのだ。

そのような事実が小籐次の前に横たわっているときに、おりょうと小籐次が同じ屋根の下に幸せに暮らし、駿太郎を二人の「子」として育てることなどできようか。

小籐次は、寝床を離れると湯殿に行き、水をかぶって身を浄めた。そして、脱衣場に用意されてあった越中ふんどしと襦袢を身につけ、単衣《ひとえ》を着た。

その恰好で庭に出た。

駿太郎は、小籐次と百助《ももすけ》爺の二人が庭先に穴を掘って立てた丸柱に向い、木刀を振るっていた。

六寸の丸柱には古座布団が巻きつけてあり、駿太郎は二尺三寸余の木刀で左右から交互に殴りつけていた。

一年余前に本格的な稽古を始めたときより格段に進歩を示し、木刀が丸柱を打つ力が強く、速くなっていた。あと一、二年もすれば座布団を外してもよかろうと小籐次は考えた。座布団は幼い駿太郎の手首を傷めぬための策だった。だが、真の打ち込みは丸柱を叩いた痛みを手に受けてこそ、修行であった。

「おお、よい踏み込みじゃ、駿太郎」

と褒めた小籐次は、

「丸柱ばかりでは反撃がないでつまるまい。爺じいが相手してやろう」

と小籐次が庭に用意された竹刀《しない》を取ると、

「爺じいではございませぬ。赤目小籐次は駿太郎の父上にございます」

と訂正した。

「あいがそう申したか」

「いえ、駿太郎の父は赤目小籐次じゃと、はっきり母上がそう申されました」

「そうか、よかろう」

小籐次は心中複雑な気持ちを押し隠し、竹刀を構えた。

駿太郎は木刀のままだ。

「素振りの成果がどれほど出ておるか、しっかりと臍下《せいか》丹田《たんでん》に力をためて踏み込んでこよ。力の籠らぬ攻めならば、容赦なく父が叩きのめす」

「はっ」

と畏《かしこ》まった駿太郎が木刀を正眼に構えた。小籐次の眼を睨み据えると集中し、

「えいっ」

と甲高い気合いを発すると間合いを詰めて、小籐次の額に向って面打ちにきた。なかなかの振り下ろしだ。

小籐次が引き付けておいて竹刀で木刀を払った。

駿太郎の体勢が崩れかけたが、踏み止まり、面打ちを繰り返した。腰が入った攻めだった。

小籐次が駿太郎の真正面からの攻めを一つひとつ丁寧に弾いた。

駿太郎は、実父須藤平八郎が六尺豊かな偉丈夫であった血筋をうけて、すでに五尺一寸の小籐次に追いつくほどの背丈になっていた。おそらく四尺八寸はあろう。だが、まだ少年期の体付きで、節のない竹のように、すうっとしていた。

今後十年は成長を続けるであろう。

その間に剣術の基礎を徹底的に教え込むつもりだった。小籐次が父に伝授された来島《くるしま》水軍流を教え込むか、実父須藤平八郎の心地流の道へと進ませるか、小籐次は数年後に駿太郎に道を選ばせようと考えていた。

もし駿太郎になぜ心地流を勧めるか尋ね返されたとき、真実を告げるべきかどうか、小籐次にとって最初の試練が訪れる。だが、それはそのときと、肚《はら》を括っていた。

「それ腰が浮いてきたぞ。こう、地面に根を生やしたように腰を安定させておらぬと、木刀に強さが伝わるまい。腕の力だけではままごと剣術ぞ」

「駿太郎はままごと剣術などではございません。駿太郎は父の来島水軍流の後継ぎです」

と叫んだ駿太郎が最後の力を振り絞って、小籐次の面を打ちにきた。

「そのようなことでは父の面に届かぬぞ。よいか、駿太郎、面打ちとはこうじゃ」

駿太郎の面打ちを弾いた小籐次が反対に面を返した。

駿太郎が必死の形相で面打ちを弾いた。むろん小籐次の攻めは、駿太郎の守りを考慮に入れてのものだ。

「おお、それだ。剣術は攻防一如《いちによ》、どちらもな、大事だ。それそれ、爺じいの面打ちを受けてみよ」

「爺じいではございません、父上です」

と叫び返した駿太郎が顔を真っ赤にして小籐次の攻めを弾こうとしたが、ついに竹刀に合わせ切れずに、鉢巻きをした額に、
ばしり
と竹刀が当たって腰砕けにその場に崩れ落ちた。

「よし、本日はこれまで」

小籐次の言葉にも駿太郎は返事ができぬようで、地面に尻餅をついた恰好で、
はあはあ
と肩で荒い息をしていた。悔しい表情を見せたくないのか、立ち上がると庭をぐるぐると歩きながら顔を背けて呼吸を整えた。

「駿太郎、日一日と木刀の力が籠ってきた」

「父上と互角に打ち合いができるには、どれほどの齢を重ねればようございますか」

「わしはこれからどんどんと老いていく。反対に駿太郎は体が大きくなり、稽古を弛《たゆ》まずに続けるなれば力もつこう。そうじゃな、あと、七、八年か」

「七、八年でございますか」

「長いようで短い。駿太郎、剣の道を志すなれば一日も休んではならぬ」

「はい。駿太郎は休みません」

「わしが身罷るとき、わしの技はすべてそなたに伝えておく」

「赤目小籐次が身罷る話はいささか早うございましょう」

と縁側からおりょうの声がして、

「朝餉《あさげ》にございますよ、小籐次様」

朝餉の膳が夏の陽射しが差し込む縁側に仕度されていた。そこへあいが盆に茶と甘味を運んできた。

「駿太郎には、甘いものがございます」

「母上、甘いものは女子の食いものではございませんか」

駿太郎がおりょうに言い返した。

「駿太郎は甘いものが嫌いですか」

「いえ、大好きです。でも、どなたかが甘いものなど女子供の食いものじゃと言うておられました」

「いえ、それは間違いですよ。決して女子供の食べ物ではございません。魚、野菜とまんべんなく食したあとなれば、甘味もまた駿太郎が大きくなるために大事な食べ物です。その証に駿太郎の体が甘い物を欲しておられましょう。体が欲するということは、成長に欠かせぬものの一つということです」

「ならば、食します」

駿太郎は縁側に腰を下ろすと、あいが差し出した好物の草餅を手にとった。

おりょうの下で行儀見習いをしてきたあいも、春の若葉が萌えいずるような娘に成長していた。

小籐次の朝餉の膳には、鰤《ぶり》の照り焼きに大根おろし、野菜の煮つけに蜆《しじみ》の味噌汁、生卵までついていた。

「朝から馳走じゃな」

「亭主どのにはいつまでも壮健でいていただかなくてはなりません」

おりょうが嫣然《えんぜん》と笑った。小籐次は、おりょうの昨夜の乱れぶりをふと思い起こし、

「赤目小籐次は、五十路にござる。おりょうどの、それをお忘れか」

「いえいえ、酔いどれ小籐次様は不死身でございます。いつまでも息災でいてもらわねば、おりょうも駿太郎も困ります。ささっ、たっぷりと召し上がれ」

とおりょうが勧めた。

蜆の味噌汁がなんとも美味しかった。

昨日、三河蔦屋の法要で飲み過ぎた分、蜆の味噌汁が胃の腑を優しく癒してくれるようだった。

「父上、本日はどうなされます」

駿太郎が草餅を一つ食し終えて聞いた。

「三河蔦屋の法事で勤めを数日休んだでな。これから浅草駒形町《こまがたちょう》の備前屋《びぜんや》に立ち

寄り、少しでも溜まった刃物の研ぎをなそうと思う」

「駿太郎もいっしょしますか」

そうじゃな、と箸《はし》を止めて小籐次は考え、

「そなたは母の下に過ごし、剣術の独り稽古に励め。新兵衛長屋で朝から剣術の稽古では長屋じゅうがはた迷惑であろう。わしが数日内に、どれほど力を付けたか確かめに参る」

「主どのはやはり長屋に戻られますので」

とおりょうが尋ねた。

「おりょうどの、致しかたなかろう。大名家奉公の武士は、参勤上番の折、国許に家族を残して江戸へと出てこられる。それが半年以上も続くのだ。そのことを考えると、二、三日の留守などなんでもあるまい」

「いえ、私は、家族がいつもいっしょのほうが宜しゅうございます」

「それでは生計《たつき》が立ちゆかぬ」

と小籐次が苦笑いし、おりょうが、

「おりょうが酔いどれ様を養います。それでは赤目小籐次の面目が立ちませぬか」

った。


「そういうことだ、おりょう様」

おりょうが深い溜息を洩らし、あいと駿太郎が顔を見合わせて、くすくすと笑った。


小籐次が小舟を漕いで芝口新町の新兵衛長屋に通じる堀留の石垣に戻りついたのは、夕刻六つの頃合いであった。

夏の夕暮れだ。夕餉の刻限にはいささか早いと思えたが、長屋じゅうが森閑《しんかん》としていた。

「なんぞあったかのう」

小籐次は独り言を洩らしながら小舟を棒杭に舫《もや》うと、研ぎ道具を長屋の敷地に上げ、ひょい、と舟から飛び上がった。長屋じゅうが無人のようで人の気配はしなかった。

小籐次はまず長屋に研ぎ道具を仕舞い、隣りとの仕切りの壁を叩いて、

「おーい、勝五郎さんや、おきみさんや」

と呼んでみた。

長屋の薄壁だ、だれかいれば必ず返事が戻ってくるのに、だれも応えない。

勝五郎は、読売屋の下で働く、出来高払いの版木職人だ。仕事先の読売屋に出かけているのか、それにしても長屋じゅうが、と思った。

小籐次は、被っていた菅笠の紐を解き、額の汗を手拭いで拭うと、どぶが真ん中に流れ、その上に板が敷かれた通路に出て木戸口に向った。

「おーい、だれもおらぬのか。物騒ではないか」

と叫びながら、もっともどの家も盗《と》られるような金品はないと思うがな、と余計なことまで考えた。

木戸口の外に出たとき、表通りから人影がぞろぞろとやってきた。女子供ばかりだ。

「あっ、駿ちゃんの爺ちゃんだ」

と叫んだのは勝五郎とおきみの独り息子の保吉《やすきち》だ。おきみが、

「酔いどれ様、いつまで須崎村のおりょう様の家に居続けているんだよ」

「なんぞあったのか、おきみさんや」

「昨日の夕暮れ方から新兵衛さんの姿が消えちまったんだよ。それでさ、長屋じゅうが新兵衛さん探しでてんてこまいなんだよ」

「それは知らなんだ。で、本日も見つからぬのか」

「難波《なにわ》橋の親分方もさ、今朝早くから船を出して堀を探しているけどさ、堀に落ちた風はなし、昼過ぎからは長屋の者も出て、この界隈を探し歩いているんだがね」

「いないか」

おきみが首を横に振った。

新兵衛長屋は、芝口橋北詰めの角地に店を構える紙問屋久慈屋《くじや》昌右衛門《まさえもん》の家作だ。

新兵衛は、久慈屋の四軒の家作を預かり、差配をしていた。だが、数年前から頭が呆けてきて、眼が離せなくなった。これまでも幾たびか、徘徊して長屋に戻れなくなったことがあった。

だが、この二年ほどは体が衰えたせいか、昔のように遠くまで出かけることもなくなっていた。童心に戻った新兵衛の行動を常に娘のお麻、婿の桂三郎、その娘のお夕が見守り、長屋の者も眼を光らせていたからだ。

「酔いどれ様、久慈屋さんがさ、新兵衛さん探しの本陣なんだよ。桂三郎さん、お麻さんにうちの人もあそこにいるよ」

「よし、それがしもこの足で参る」

おきみらに言い残した小籐次は、芝口新町の路地から河岸道へと出て芝口橋へ向った。日本橋を起点にした東海道が江戸の繁華な通りを抜けて南へと向い、最初に渡る橋が京橋、そして、二番目の橋が堀、のちの汐留《しおどめ》川に架かる芝口橋だ。

橋は長さが十間、幅が四間二尺、橋台は九尺、元禄のころまでは新橋と呼ばれて、宝永七年に芝口御門が出来たために芝口橋と改名した。だが、この界隈では、昔ながらに新橋と呼んでいた。

久慈屋は東海道新橋に面した紙問屋ということになる。

そろそろ店仕舞いの刻限だが、大勢の人影が店の土間にあった。

「相すまぬ、かように大事が出来《しゅったい》していることは露知らず、長屋を留守にしてしまった」

と小籐次は詫びながら久慈屋の敷居を跨《また》いだ。

「おお、酔いどれ様」

難波橋の親分秀次が最初に小籐次に気付き、その場にいる全員が振り返った。

疲れ切ったお麻、桂三郎、お夕、さらには勝五郎ら新兵衛長屋の男衆に久慈屋の奉公人らが顔を揃えていた。

「見つからぬか」

「どうにもこうにも手がかりはなしだ」

と秀次が皆を代表して言い、

「堀に落ちたのならば必ず、その証があるはずだ。堀留から汐留川まで丹念に調べたけど、新兵衛さんがいないのは間違いねえ」

「となると歩いてどこかに行かれたか」

「近頃は、赤目様もご存じのように足が弱りましてね、うちから長屋に行くのでさえ、家族の手が要ったんですよ。独りで歩いていくなんて考えられません」

桂三郎が小籐次に説明した。

「最前も言ったが今日の昼から新兵衛長屋を中心にこの界隈は虱潰《しらみつぶ》しに探した。だが、どこにもいないや」

秀次が引き取った。

「だれが最後に新兵衛さんの姿を見たのだな」

それが、と勝五郎が口ごもった。

「どうなされた」

「長屋でさ、夕べ酒でも飲もうかと食い物を持ち寄っている最中に、新兵衛さんの姿が掻き消えたんだ。だから、長屋じゅうの人間が新兵衛さんを見ていたとも言えるし、最後に見たものがだれかなんて決めきれないんだよ」

勝五郎の言葉に苛立《いらだ》ちがあった。

四

久慈屋の店座敷に若旦那の浩介《こうすけ》、大番頭の観右衛門《かんえもん》、難波橋の秀次親分、新兵衛の娘婿の桂三郎、それに小籐次の五人が集まり、額を寄せ合っていた。

大勢いた新兵衛探しの面々は、いったん解散した。

なにしろ夕べからの捜索で、長屋の連中も久慈屋の奉公人も皆が疲れ果てていた。

そこで小籐次は、新兵衛探しの策を少数で考え、改めて明朝から捜索を再開しようと提案し、受け入れられたのだ。

新兵衛の娘のお麻は、独りでも父親探しを続けたい表情を見せた。だが、皆の疲労困憊《こんぱい》した顔付きに、ぐいっ、とその言葉を飲み込み、長屋の連中と新兵衛長屋に引き上げた。

久慈屋の一人娘のおやえが茶を運んできた。

おやえが手代から番頭になったばかりの浩介と祝言を為したのは三年前のことで、去年の夏には久慈屋の跡継ぎとなる正一郎が生まれていた。このことを主の昌右衛門も大番頭の観右衛門も大いに喜んでいた。

「おやえ、赤目様にはご酒がよいのではございませんか」

若旦那の浩介が気を利かせた。だが、

「いや、若旦那、昨日、川向こうの深川惣名主の三河蔦屋さんの三回忌で深々と馳走になった。今宵はよしにしておこう」

と茶碗を摑んで思わず呟いた。

「それにしてもおかしな話じゃな。みなが見ている前で姿を消すなど、手妻《てづま》か神隠しではないか」

「わっしもね、もはやそうとしか思いつかないのでございますよ」

と応じたのは秀次親分だ。

「これまでの新兵衛さんの行方《ゆくがた》知れずと様子が違いますぜ。新兵衛さんがまた姿を消したと聞いたとき、当初はさ、長屋のどこぞの部屋に潜り込み、寝込んでいるんじゃないかと思いましてね、これまでのようにね。だから、わっしは最初に新兵衛長屋探しを命じましたよ」

「親分が見えられたとき、私どもはすでに長屋じゅうを当たり終えておりました。留守の赤目様の長屋も勝手に開けて調べ、空き家になっているところも床下から天井裏まで探したんでございますよ」

　桂三郎が言い足した。

「それでもね、わっしは敷地の中の厠《かわや》から井戸端、堀留と灯りを手に探し回ったがどこにもいない。いちばん考えられそうなことは、新兵衛さんが木戸を出て自分の家に戻ったことだ。それで家じゅうを探しましたのさ」

「ですが、親父がいる気配は一切ございません」

「次に堀留へ足を踏み外して落ちたかもしれないってことで舟まで出して探したが、その気配はなしだ」

　秀次親分と桂三郎が掛け合い、

「本日は、朝方からうちの奉公人も加わり、店の舟を出して御堀から汐留川、北向きに流れる木挽町《こびきちょう》の堀、さらには汐留川の下流の築地川まで丁寧に探しましたが、新兵衛さんが浮いている様子はございません。お昼からは、これまで新兵衛さんが行った場所を虱潰しに当たりましたがねえ、どこにも手がかりはなしですよ」

観右衛門が思案投げ首の体《てい》で話に加わり、小籐次に説明した。

「もはや探し尽くして、どうにも新たな考えが浮かばない。そこへさ、赤目様が戻ってこられたってわけだ」

「秀次親分、それで神隠しなんてことを考えられたか。それがしも、皆の話を聞いて、なんとなく手妻か神隠しかという考えが頭に浮かんだ」

この時代、神隠しは信じられていた。

「赤目様、親父が消えたとき、まだ夏の夕暮れでございます、長屋の空き地は、じゅうぶんに明るうございました。お夕や保吉ちゃんたちが親父を見守りながら、最前も申しましたが、長屋じゅうの住人が夕餉の菜を持ちより、酒を飲もうと仕度をしていたんです。縁台や空樽をもちだす者、筵《むしろ》をしく者、鰯《いわし》を焼くというので七輪に火を熾《おこ》す者など、それぞれが動きながらも、親父を眼の端に捉えていたのでございますよ。私自身も、うちから蚊やりをもって、どぶ板を踏んで、集いの場をなんとなく見ながら親父のいるところへ歩み寄っていたんでございますよ」

「そのとき、新兵衛さんはどこにおられましたかな」

「裏庭のほぼ真ん中で、腰がぬけた酔っ払いが踊りでも踊るような仕草で立っておりました、帯が緩くなって後ろに垂れておるのも眼に留めました。その私が一瞬眼を離したのは、勝五郎さんが井戸端あたりで『これで酔いどれ様がいれば、役者がそろったんだがな』と言いかけた声を聞いたからです。ほんの一瞬でございました、親父から眼を離したのは。だけど、そのときは親父が姿を消したなどとは私も考えてはいませんでした。さあて、皆で飲み食いをと考えたときに、親父が、舅《しゅうと》がいないことに気付いたんでございますよ」

桂三郎が何度も繰り返した話を小籐次に告げた。

「赤目様、桂三郎さんの話とよ、皆の話はどれもが似たりよったり、重なるものばかりだ。だれもが搔き消えた瞬間は見てないが、直前の新兵衛さんを見ていたんだ」

秀次が話を締めくくるように言った。

小籐次は、しばし思案して言い出した。

「新兵衛さんのことを親身に見てきたのはお麻さんとお夕ちゃんだ。二人の話はどうだな」

「お麻は、おきみさんといっしょに鰯を焼いておりました。二人して親父が住人の中ほどに囲まれているのをなんとなく見ていたそうです。鰯を焼く煙が二人の目に沁《し》みた次の瞬間には、親父は姿を消していたと言います。でも、二人して親父がどこかへふらふらと移動したんだと思ったそうです。こういうことは、すべてあとで皆で話し合い、思い出して考えを突き合わせた結果なんです」

「お夕ちゃんはどうだな、桂三郎さん」

「お夕だけが親父がいなくなった前後、ぼうっとしていて、覚えがないというのでございますよ」

「いえね、お夕ちゃんにかぎらずこれから皆で暑気払いの酒を飲もう、夕餉を長屋じゅうで摂ろうと考えているほうにさ、気持ちがいって、見ているようで見てない、見てないようで見ていたという状態なんだよ」

桂三郎の言葉を秀次が補った。

「よう皆の気持ちが分る。それにしてもなんとも、わが長屋で訝《いぶか》しいことが起こったものよ」

「赤目様、訝しいといえば、糊屋の婆さんのおえつさんだけがよ、わたしゃ、たしかに新兵衛さんが掻き消えたところを見たというんだがよ。おえつ婆さんは、近ごろ目やにがひどくて日中だって霞んでみえる口だ。あまりあてにはならないと思うんだがね」

秀次が言い足した。

「ほう、おえつ婆さんがな。たしかにおえつさんはそれがしと行き合うても、出入りの棒手振《ぼてふ》りと間違えたこともあったで、あてにはならぬ。とはいえ、その言葉、捨てきれぬな」

小籐次は新兵衛がいなくなった瞬間の概要を摑んだ。

「明日から探す範囲を広げるか、もう一度長屋を新たに探してみるか。敷地の中にどのような死角が隠されているかもしれんでな」

「そのことは長屋の女衆《おんなし》にねがい、男衆は新兵衛さんがこれまでふら付いたところを聞き回りますか。たしかに何年も前に、陸奥仙台藩のお屋敷に紛れこもうとして門番に追いはらわれたことがございましたな」

「大番頭さん、そこは今日、私が訊ねて参りました。ですが、門番さんは久しく親父の姿を見てないそうです」

「そうでしたか」

観右衛門の言葉に桂三郎が答え、観右衛門が肩を落とした。

「酔いどれ様、なんぞ思案がございませんか」

皆の話を黙って聞いていた浩介が尋ねた。奉公人から選ばれて一人娘のおやえの婿になった浩介は、近ごろ若旦那の貫禄がついてきた。

　小籐次は、旦那の昌右衛門から、

「浩介が近ごろいちだんとしっかりして来ましたし、おやえに子が産まれて跡継ぎも出来ました。私は浩介に店の実権を譲り、隠居したいと思うてますがいかがですか」

　と相談を受けていた。

　久慈屋は万全の体制ができていた。

「若旦那、皆さんの一日の動きを聞いただけでも、どこぞに見落としがあったとも思えませんな。明日から長屋の内外を探したとしても新兵衛さんが見付かることとはないような気が致す」

「手はございませんか」

「読売屋の空蔵《そらぞう》どのを訪ねて、読売に書いてもらい、新兵衛さん探しの範囲を広げてみようと思うたのだがどうだな、この考えは」

　小籐次は思い付きを述べた。

「読売に呆けた年寄りの行方知れずが載りましょうか」

「桂三郎さん、それはほら蔵の腕次第ですぜ。あいつは、酔いどれ様にたくさん借りがございましょう。こたびの騒ぎでもあいつなら、酔いどれ様の名を出して必ず読ませる瓦版に仕立てあげますって」

と秀次が請け合い、

「それは考えてもよいかもしれませんな」

と観右衛門も応じて、桂三郎を見た。

「どうだね、赤目様の思案は」

「親父が見付かることとなれば、なんでもやりたいとお麻とも話しております」

「よし、善は急げだ。手先にほら蔵を引っ張ってこさせましょうか。今晩じゅうに読売のネタを纏《まと》めれば、勝五郎さんが徹夜で版木を彫りましょうからな。こういうことは一刻も早いほうがよい」

と言った秀次が店に待たせた手先の銀太郎を、空蔵のもとへと走らせた。

四半刻《しはんとき》もしないうちに空蔵が久慈屋に駆け付けてきて、秀次と桂三郎から行方知れずの経緯と事情を聞かされた。

「空蔵さん、こんな話は読売には無理かね」

桂三郎が気にかけた。

腕組みして思案をしていたほら蔵こと空蔵が、

「酔いどれ様はその場にいなかったのだな」

「生憎《あいにく》な、三河蔦屋の十二代目の三回忌の法事におりょう様と出ておって、長屋を不在にしていたのだ」

「なに、染左衛門様の三回忌か、早いものだな。いや、今考えても文政四年の成田不動尊の出開帳は、江戸じゅうを賑わしたな。それで三回忌にはだれが出ていたな」

「空蔵どの、本日は新兵衛さん探しの話だぞ」

「万事この胸に秘策あり、だ。ただな、新兵衛さんの神隠しだけでは読売にならないや。江戸じゅうで年にさ、何人もの神隠しが起こっているんだぜ」

「わしの法事話が新兵衛さんの読売の助けになるか」

「なる、空蔵が仕立ててみせる。だから、だれが三回忌に顔を見せたか、なにがあったか話をしてみなされ」

「伊達藩の江戸家老に下総国佐倉藩主の堀田正愛様、それに七代目の市川團十郎丈が顔を見せられたな」

「なに、市川團十郎と酔いどれ小籐次が顔を合わせたって、そいつは絵になるぜ。

様子を詳しく話してみねえな、酔いどれ様よ」

「空蔵、大丈夫か。大事な、新兵衛さんのことを忘れておるまいな」

「大丈夫だって、この空蔵にお任せあれだ」

ふうーん、と首を傾げながらも、小籐次が法事の模様と斎の場での出来事を告げた。

「おうおう、私が考えたとおりにいい話になってきたじゃないか。さあて、川向こうの深川の惣名主と新兵衛さんの神隠しをどう結びつけたものか。ところで、新兵衛さんのなりはどうでしたね」

空蔵が桂三郎に聞いた。

「なりったって、子どもに戻ったような親父様のことです。お麻が日に何度も着替えさせないと、食べこぼしや泥で汚れております。昨日は、棒縞木綿に帯がだらりと後ろに垂れておりまして、古びた草履《ぞうり》履きでした」

「持ち物はないのかい」

「持ち物たって煙草なんぞ吸わせると火事を起こしかねません。財布だって持たされません。そうだ、帯にお夕が鈴をつけていたはずだが、あのときにかぎって、鈴は鳴りませんでした。どうしたんだろう」

桂三郎が首を捻《ひね》った。

「こいつはやっぱり神隠しかね、帯に着けていた鈴が鳴らなかったというのだからね」

と独り言を呟いた空蔵が、

「大番頭さん、店を借りていいかえ、二つの話を纏めてみるからさ」

「ならば私の帳場格子の中の机と筆を使いなされ」

と許しを観右衛門が与えると、

「ならば久慈屋の大番頭さんになったつもりで読売を書きましょうかね」

空蔵が店座敷から立ち上がって店に姿を消し、独りになって読売の下書きを始めた。

「酔いどれ様、こりゃ、ひょっとすると読売が大いに売れてさ、大きな騒ぎになるぜ。となると、どこぞで新兵衛さんが見つかるかもしれないよ」

秀次親分が期待の顔で言った。

「わしの話など付けたしじゃがな、そう売れるとは思えないぞ」

「いや、酔いどれ小籐次ネタならば、必ず売れますよ。ついわっしらも空蔵の筆先に騙されて買わされる。もとはといえば、ネタ元はこの赤目小籐次様なのだがね」

「わしは読売なんぞに書き立てられるのは迷惑じゃ」

「だけど、こたびは酔いどれ様の名がつくから新兵衛さんの行方知れずが読売になるのですぜ。こういうものは、派手に素早く報じられることが肝心ですぜ。勝五郎さんもおちおち寝ていられまいよ」

秀次のご託宣があって、

「ならば、それがし、長屋に戻り、勝五郎さんに版木の仕度をさせておこう」

と小籐次が立ち上がった。

「赤目様、私も家に戻ります」

桂三郎がいうので、二人は店座敷の皆に挨拶し、帳場格子の空蔵にその旨を伝えたが、

「うんうん」

と空返事をして聞いている風はない。

餅は餅屋だ。仕事に熱中しているときの空蔵の顔付きは険《けわ》しかった。ほら蔵と揶揄《やゆ》される空蔵だが、読売の書き手としては老練にして達者だった。

小籐次と桂三郎は、久慈屋の通用口を出ると新橋（芝口橋）を渡り、芝口新町

の新兵衛長屋への道を辿った。

「赤目様、親父にはこれまで何度も迷惑をかけられましたが、ただの一度だって親父が家に戻ってこないなんて考えたことはございません。ところがこんどばかりは、そのような気持ちになれないのでございますよ」

「かようなことは弱気になってはいかぬ。わしも口ではな、神隠しなんぞというておるが、神隠しなど理窟に合っておらぬことが起こってたまるものか」

「赤目様は、神隠しを信じておられませんので」

「神隠しにタネや仕掛けがあるとも思えぬ。その場にある者たちの一瞬の気持ちの隙を当人か、他人が利用して姿を消させたのではないか」

「私どもが親父に騙されたと申されますので」

「新兵衛さんはもはや童心に戻られたのじゃ、さような邪《よこしま》は考えてもおられまい。長屋で夕餉を皆で食べよう、酒を飲もうとした隙を偶々《たまたま》新兵衛さんがついて、どこぞに向われたのではないか」

「親父は自分の足で長屋を出たと申されますか」

「そう考えておるのだが違うか。もっともそれがしはその場におらんかったから、なんとも言い切れぬがな」

桂三郎は、小籐次の言葉を吟味するように黙り込んだ。

新兵衛長屋の木戸口が見えてきた。

「桂三郎さん、諦めてはならぬ」

小籐次の言葉に桂三郎がこっくりと頷いて、差配の家へと入っていった。

どぶ板には蚊やりの煙が漂っていた。

「勝五郎さん」

蚊やりの煙を手で払って声をかけると、勝五郎、おきみ、保吉の一家三人が黙々と夕餉を食していた。

「なんだ、早いじゃないか」

「勝五郎さん、すまぬが徹夜仕事だ」

「これから新兵衛さんを見付けに回ろうという話か。探すところは探し尽くしたぜ」

「そうではない、本職だ」

小籐次は経緯を説明した。

「なに、読売を使って新兵衛さん探しか、考えたね。本職となれば、合点承知の助だ、頑張るぜ」

と箸を置いた。

「酔いどれ様、夕餉はどうしたね」

とおきみが尋ねた。

「夕餉か、忘れておった」

「残り物でいいなら、膳の仕度をするよ」

「すまぬ、その代わり、亭主をわが家に引き取り、わしも手伝って版木を明朝までに仕立てる」

「なに、酔いどれ様がわしの鑿《のみ》を研いでくれるってか」

「手伝いと言うてもそれくらいしかできまい」

小籐次が言い、勝五郎と小籐次は徹夜を覚悟した。

第二章　読売売出し

一

「さあさあさ、芝口橋をお渡りの皆々様に申し上げ候《そうろう》。世にも不思議な神隠しがこの芝界隈で起こったよ。ほれ、芝口橋は新橋と呼ばれてこの界隈の人に親しまれているがね、この橋の北詰めに長年、紙問屋の久慈屋さんが店開きしておられる。この久慈屋の家作の一つ、新兵衛長屋で、長屋住人がみなで集まり、堀留の川風にあたりながら、鰯の焼いたものに枝豆なんぞを菜に酒を一献傾けようと、暑気ばらいの夕餉の仕度の最中のことだ。住人の輪の中にいた差配の新兵衛さんが、ふわっ、と姿を消したんだ。訝しい話と思わねえか、そこの職人さんよ」

「えっ、おれのことか」

空蔵の竹棒に指された男が自分の顔を指で差し、たしかめた。

「そうだ、おまえさんだ。名はなんといいなさる」

「屋根葺《ふ》き職人のとんとんの矢三だ」

「板屋根をとんとんと竹串で止めていく腕が自慢の矢三さんか。で、どうだえ」

「どうだえって、景気か」

「だれが景気の話をとんとん屋に尋ねるよ。この新兵衛さんの行方知れずの話だよ」

「だって、みんなの前から急にいなくなったんだろ。長屋は堀留の縁にあるなんていったよな。だったら、堀に足を踏みはずして落ちたんだよ」

「よういうた、とんとんの矢三さん」

「やっぱりおれの眼力は大したものだ」

「ところがどっこい、まず長屋の衆が堀に舟を出して探したんだ。また長屋じゅうを床から天井裏まで探し尽くした。すでに新兵衛さん探しは、三日目を迎えてまだ手がかりはない」

「だったら木戸から表に出ていったんだ」

「新兵衛さんはこの数年、呆けてよ、まるで無邪気な子どものようなお人だったんだ。だから、家族も住人もつねに眼を光らせていなさる。姿が掻き消えたときは、長屋の住人が集まっていたときのことだ。たくさんの眼差しの先で、ふわりと掻き消えた」

「となると、やっぱり神隠しだな」

「そういうことだ、旅人さん」

　別の男の呟きに応えた空蔵が吉原かぶりの手拭いも小粋に、左腕に刷りたての読売を束ねて載せ、右手の竹棒をぐるりと回して、集まった人々を指して関心を引き寄せた。

「この新兵衛長屋の暑気ばらいの場に一人足りない人物がいた。さあて、だれがとお思いか、そこの手代さんよ」

　手代風情の若い衆が、自分の顔を指で差し示して空蔵に無言で尋ねた。

「そう、おまえさんだ」

「わすな、手代は手代だが、野州《やしゅう》の在から公事《くじ》でよ、庄屋様の供で江戸にはずめて上がっただよ。その長屋は有名だか」

「おうさ、江戸じゅうが承知の長屋だ」

「どうすてだべ」

「よう問い返されたな。その突込みが話には大事だべ、手代さん」

「ばかにするでねえよ、読売屋の兄さん」

「天下の剣術家、江都を騒がした御鑓拝借は、もはや六年前の出来事だが、以来、つねに酔いどれ小籐次こと赤目小籐次様の行く先々には風雲急を告げる出来事が出来してきた。この酔いどれ小籐次様は、新兵衛さんが神隠しにあった日には留守だったんだ」

「読売屋の兄さん、その酔いどれ小籐次様も神隠しに遭うただか」

「野州の手代さんよ、酔いどれ様はよ、今から二年前の文政四年の深川八幡で催され、大勢の参詣人を集めた成田不動尊の出開帳を仕切られた深川の惣名主、講中総頭取の三河蔦屋の十二代目の三回忌法要に出ておられたんだ。ために新兵衛長屋を留守にされていた」

「酔いどれ様にはいい女子がおられたな、北村おりょうさんって歌人だ。法事の帰りに須崎村でいいことしてよ、留守してたんだな」

「とんとん屋、話を脇に寄せてややこしくするんじゃねえよ。おりょう様とは関わりがないんだよ」

「おい、ほら蔵、読売を売ろうってんで、強引に酔いどれ小籐次様の名をとってつけやがったな」

「二葉町の鳶《とび》の親方よ。その難癖はなしにしてくれないか」

「だって、酔いどれ様が留守をしていたのは、三河蔦屋の先代の法事だ。神隠しとどう関係があるよ」

「そこだ」

「なにもねえだろうが」

「いや、江戸いちばんの読売屋空蔵の眼力はお見通しだ。酔いどれ様の来島水軍流の備中次直《びっちゅうつぐなお》の刀さばきは、巌《いわお》も裁ち斬り、病も避けるほどのものだ。酔いどれ小籐次様が三河蔦屋の先代に付き添ってなければ、十二代目は五回目の出開帳の仕切りなんぞは出来なかったよ。大勢の医者が見放した病人を次直の力で封じこめ、無事に出開帳の大役を果たされた夜に亡くなられたほどの法力だ。この酔いどれ小籐次様が留守の間に神隠しが起こった、ここに最大の謎が隠されていると、この読売屋の空蔵は睨んだんだよ。いいかえ、空蔵は読売一枚多く売らんがために長広舌を述べているわけではないぞ、神隠しにあった新兵衛さんは唐天竺《からてんじく》に連れていかれたわけではない。この江戸のどこかにおられるんだ。この刷りたての読売は、法事から戻った酔いどれ小籐次様と同じ長屋の版木職人勝五郎さんが徹夜しての仕事だ。新兵衛さんのなりや年恰好はくわしく読売に書いてある。江戸っ子ならば、いやさ、在所から出てこられた兄さん方も、どうか人助けと思ってよ、読売を頼りに新兵衛さんを探してくんな」

「よし、買った」

「ふうっ」

と一つ声がかかったかと思うと、たちまち空蔵の読売は売り尽してしまった。

と大きな息を吐いた空蔵に、ご苦労さんと久慈屋の観右衛門が声をかけ、

「うちで茶を飲んで喉を潤していきなされ、空蔵さん」

と店に誘った。

新橋で読売を買った客は、さあっと散って、いつもの橋の往来に戻っていた。

「お邪魔しますかね」

空蔵が久慈屋に入ると、仮眠を一刻半ほど長屋で為した小籐次が、朝風呂に浸った顔で上がり框《がまち》に腰を下ろしていた。

「おや、昨晩はご苦労でございましたね」

「空蔵さんや、わしの名前なんぞ出して新兵衛さんの神隠しと関わりがあるなんて宣《のたも》うていたが、読売の責めまで負い切らぬ、わしは知らぬぞ」

「酔いどれ様よ、新兵衛さんの神隠しの話だけで、どこのだれが読売を買うよ。ここはな、酔いどれ様の名を使っても、読売を手にとってもらわなきゃあ、新兵衛さんの話は江戸じゅうに広まらないんだよ」

空蔵に言い返されれば、小籐次もだまるしかない。

「ご苦労様でした」

おやえが小籐次と空蔵に茶を運んできた。

「おやえさん自ら恐縮でございますな」

空蔵が如才なくおやえに追従《ついしょう》を言い、

「久慈屋の後継ぎは息災にお育ちにございましょうな」

「空蔵さん、ありがとう。坊は元気よ。いささか困っていることはお父つぁんとおっ母さんが、直ぐに抱き上げようとすることね」

「抱き癖がつきますと夜泣きしますからな。大旦那やお内儀《かみ》さんが眼に入れても痛くないのは分りますが、ここはいちばん我慢してもらいませんとな」

「だれのいうことも聞かないの」

空蔵が小籐次を見た。

おやえも小籐次を見て、

「酔いどれ様の小言ならば聞くかもね」

「で、ございましょう」

「おやえさんや、大旦那様にこの爺が注文を付けられるはずもござらぬ」

「あら、そうかしら。大番頭さん、どう思う」

「こりゃ、酔いどれ様が打って付けのお人かと思いますな」

帳場格子から観右衛門が言い、その隣りに座った若旦那の浩介も大きく頷いた。

「うーむ、折を見てな」

小籐次が茶碗に手を延ばそうとしたとき、手代の国三《くにぞう》が小籐次の研ぎ場を店の一角に設《しつら》え、洗い桶に水まで張って仕度してくれた。

「国三さん、相すまぬ。わしの仕事まで手伝ってもらった」

「いえ、大したことではございません」

国三が受けて、表に出ていった。

かつて小僧時代の国三は、久慈屋の中でいちばん小籐次と親しく付き合ってきた間柄であった。

だが、小籐次に可愛がられていると錯覚を抱いた国三は、奉公の上でやってはならないしくじりをしてしまった。

そこで大旦那の昌右衛門と大番頭の観右衛門が話し合い、水戸領内西野内《にしのうち》村の久慈屋本家、細貝忠左衛門の下での紙漉《かみす》き修業から奉公のやり直しを命じた。足かけ四年に及ぶ本家での修業で、ようやく江戸に呼び戻され手代に命じられたのが、半年も前のことだ。

小籐次は、この再修業の遠回りが決して無駄ではなかったことを、国三の言葉遣い、挙動に見ていた。

なによりかつての国三より言葉が少ない分、なにを為すべきか承知して機敏に動いていた。

今も国三は、船着場に舫った小舟から研ぎ道具を運んできて、研ぎ場に並べた。

小籐次が今日一日久慈屋の一角で研ぎ仕事をしながら、新兵衛の情報が集まってくるのを待つ気持ちでいることを察したからだった。

「国三さん、かさねがさね恐縮じゃ」

おやえが供してくれた茶を飲んだ小籐次は、

「空蔵さんの読売が新兵衛さん探しに役立つとよいがな」

「必ずどこで見かけたって話がうちに寄せられますって、まあ、期待して待っておくんなさい。私もね、盛り場を歩いて読売を盛大に売りますからね」

空蔵が言い残して久慈屋を出ていった。

小籐次は、国三が店じゅうから集めてきた刃物を研ぎ順に並べ、芝口橋を往来する人々をちらりと眺めて、最初の刃物を手にした。

その瞬間の橋上の気持ちが無意識の裡に小籐次の頭に刻み込まれた。だが、小籐次の意識は、次の瞬間、研ぎ仕事へと戻っていた。

最初に手にしたのは、紙を裁断する大包丁だ。砥石に水をたっぷりと含ませ、刃をあてた。あとは気持ちを集中して刃をゆっくりと丁寧に動かしていくだけだ。もはや体が、手先が砥石の上を前後させる力加減を承知していた。

いつの間にか時が過ぎていた。

「赤目様」

何度か声をかけられて小籐次は、砥石の上から研ぎ場の前に立った人影に視線を移した。

難波橋の秀次親分だ。

「親分、なんぞ知らせがあったか」

小籐次は新兵衛の情報を期待して尋ねた。秀次が首を横に振り、

「たった今ね、読売屋を訪ねてきたんですがね、驚いたことに未だ一つも話が寄

せられてないんですよ。早刷りの読売が売り出されて二刻半は過ぎていましょう。なんぞね、一つふたつの話が持ち込まれてもよいころですがね」

秀次が小籐次の前に腰を下ろした。

「親分、早くて今日の夕方とわしは考えておった」

「わっしはね、この界隈でなんぞ話がもたらされると願っていたんですがね、意外と反応がございませんや」

「読売を使うという考えが間違っておったかのう」

「いえ、それは悪い考えじゃございませんや。結構な人が読売を買ってね、話は承知なんでございますよ。だが、新兵衛さんを見かけた者がいねえ」

「やはり神隠しか」

「赤目様は、信じてねえお顔でございますね」

「親分はどうだ」

「わっしもね、人ひとりがいなくなるには謂れがあるって考えるほうですがね、代々の十手持ちの家系の中で、子どもが親の眼の前から掻き消えてとうとう行方が分らなくなった一件を経験しています。親父が元気だったころの話でね、わっしは駆け出しの時分の話でございますよ」

うもない」

「得心できないが、子どもが見付からないんでは、神隠しという説に反論のしようもない」

秀次の言葉に小籐次は無言で応じるしかなかった。

「お二人さん、昼餉をごいっしょにどうですね」

と観右衛門の声がして、

「親分、いっしょに馳走になろうではないか」

と小籐次が研ぎかけの刃物などに古布《ふるぎれ》をかけて、人の眼に触れないようにした。

奉公人は交替ですでに昼餉を終えていた。

久慈屋の台所には、大番頭の観右衛門、秀次、小籐次の膳の三つだけだ。

「赤目様の好物の冷しうどんに豆ごはんの握りですよ」

久慈屋の台所を預かる女中頭のおまつが小籐次に声をかけた。

「なによりの馳走にござる、おまつさん」

「まだ新兵衛さんは見つからないかね」

「読売の効きめも今のところはないようだ」

三人の膳に冷しうどんが供された。きざんだ青葱とすりおろした生姜《しょうが》を薬味に出汁《だし》で食するうどんは、小籐次の大好きな夏の食べ物だった。

「頂戴しよう」

と丼と箸を持ち上げた小籐次が、思わず溜息をついた。

「お麻さんがな、今朝から食絶ちをして芝神明社でお百度参りをするというのだ。親父様思いのお麻さんゆえな、長屋の者もなにもいえぬでな」

「へえ、わっしも聞きました」

と秀次が応じた。

「新兵衛さんは不思議な人柄でございますよ」

と言い出したのは観右衛門だ。

小籐次と秀次が視線を観右衛門に向けた。

「いえね、差配に成り立ては店子《たなこ》に厳しくてね、がみがみ怒鳴るようなご仁でしたよ。それが赤目様の住まわれはじめた時分からですかね、人当たりが柔らかになりました。さらに呆けてから子どものようになり、当初は店子も、昔が昔だからね、といった眼でみておりましたが、近ごろではまるで邪気のない人間に変わって、皆に世話になりながらも可愛がられておりましたな」

「いかにもさようでござった」

三人は冷しうどんを啜《すす》りながら、新兵衛の話をぽつんぽつんと繰り返した。

「店先で最前神隠しの話をしておられましたな」

と言い出したのは豆ごはんの握りを一つ食べた観右衛門だ。

「大番頭さんは信じておいでか」

「赤目様、神隠しとか物隠しの多くは、霊魂が留まる場所や神域でおこると昔から言い伝えられておりますな」

「うむ、新兵衛長屋はその昔、さような場所であったか」

「赤目様、芝口新町からうちにかけて、汐留と呼ばれる一帯でございますよ。内海の縁で、言葉どおりに潮水が洗っていた土地です。霊場があったとも思えませんがね」

「となると神隠しではないか」

「とはいえ、皆が見ている前で人ひとりが姿を消した。まあ、そう言いたくなる気持ちも分らないわけじゃない。ですがね、そんな話で済むなら、わっしらの仕事もだいぶ楽ですがね」

と最後は秀次が首を傾げた。

小籐次は昼餉のあと、ふたたび研ぎ仕事に戻った。

久慈屋の仕事用の刃物と台所の刃物を研ぎ上げた頃合い、久慈屋の隣りの足袋問屋の京屋喜平の番頭菊蔵《きくぞう》が、新たな研ぎ仕事を持ってきてくれた。

「まだ新兵衛さんは見つかりませんか」

「長屋の連中も久慈屋様でも手代、小僧さんを出して探し歩いておられるが、なんの手がかりもないようだ」

「読売を読みましたよ」

「それがしのうんぬんは余計なことだったがな、今のところこれといった手がかりは読売屋に届いてないそうだ。それがしもこうして研ぎ仕事をしながら、手がかりを待っておるのだがな」

「どこの在所でしたかな、神隠しに遭った家は、櫛《くし》をすべて隠して待つそうな」

「櫛を隠してどうなるのだ」

「いえね、聞いた話だからあまり当てにはなりませんよ。神隠しに遭った人は必ず一度は家に戻ってくるそうです。そしてね、櫛を持ってまた姿を消すんだそうです。だから、神隠しに遭った家では櫛を捨てるか、他人に預かってもらうそうですよ」

「お麻さんは食絶ちして芝神明でお百度参りをしているそうな」

「そちらのほうが気持ちは通じますな」

と言い残して菊蔵が店に戻っていった。

二

昼下がりになって仲夏の陽射しが強くなった。

光が眩しいほどに強く、軒下に落ちた影が濃い。

橋の上を往来する荷馬の足取りは重く、駕籠《かご》屋もうんざりした表情で額に汗が光っていた。

小籐次は、つねとは違う気配を感じて砥石から眼を上げ、橋を見た。殺気とも違う、なにか落ち着かない妖しい感じなのだ。だが、格別に変わったことはなに一つ見当たらない。

水を張った洗い桶の縁に立てた竹製の風車が時折り、風をうけて気怠《けだる》く回っていた。

(新兵衛さんの行方知れずに気が立っておるか)

と思って仕事に戻ろうとしたとき、せかせかした足取りで歩いてくる武家を見た。扇子を半ば広げ、陽射しを遮りながら背を丸めて歩く姿は、小籐次の旧藩、豊後国森藩下屋敷の用人高堂伍平《たかどうごへい》だ。

高堂用人が視線を小籐次に向けた。

「赤目小籐次、いつまで意地を張っておる」

と怒鳴りながら、日向《ひなた》から久慈屋の軒下に飛び込むように入ってきた。すると、小籐次の周りにひっそりと漂っていた涼気が失せ、埃まみれの暑さがそれにとって代わった。

小籐次が視線を上げ、高堂用人を見た。

「御用ですかな、それとも小言を言いにこの暑さの中、わざわざ参られましたかな」

「用じゃあ。用事でなければかような暑さの下に出てくるものか」

と言い捨てた高堂用人が、

「久慈屋、暫時店先を借り受ける」

と声を発した。

「おや、高堂様」

と観右衛門が応じた。

久慈屋の得意先は、幕府を始め、御三家、名の知れた大大名が多い。その他、江戸の名立たる寺社仏閣、大身旗本に出入りを許されている。

ために大番頭は、大名諸家、大身旗本の留守居役や用人、納戸方《なんどがた》との付き合いが多い。だが、豊後国森藩一万二千五百石の久留島家は、久慈屋との付き合いがない。ないというより、森藩久留島家の調度方の費《つい》えでは久慈屋に買い求める品はない。上屋敷で使う紙はかぎられ、下屋敷などに回ってくるのは書き損じの半紙か、なんとも下等な紙がわずかだ。

下屋敷の高堂用人はさようなことを承知していない。下屋敷では、ほぼ自給自足が仕来り、下屋敷の奉公人の日常は竹細工などの内職が主な仕事であった。高堂もそれが当たり前の武家方の暮らしと信じていた。

「座敷に上がられませぬか」

と観右衛門が誘った。だが、

「大番頭どの、用はすぐ済む。しばし店の隅を借り受けたい」

と性急にも願うと、三和土《たたき》廊下近くの上がり框がいちばん涼しそうと判断したか、どさり、と腰を落とし、

「急に暑くなったのう」

と観右衛門に言いかけ、ばたばたと扇子で扇いだ。

「五月の半ば過ぎというにこの暑さ、なんとも暑い夏が到来しそうな気配ですな。森の殿様にはお変わりございませぬか」

「殿か、まずまず息災である。おお、そうじゃ、赤目小籐次、殿様からの言付けじゃ、こちらに参れ」

と扇子で手招きした。

小籐次は、いま一度橋の上を見た。

なにか釈然としない妖しい感じが続いていたからだ。だが、橋上に妖しげな人物がいるとも思えなかった。

（この暑さの中、新兵衛さんはどこをどうさ迷うておられるか）

と新兵衛に思いを致しながら、砥石の粉に汚れた手を洗い、腰に下げた手拭いで拭って立ち上がった。

「高堂様、殿は参勤上番で江戸入りなされましたか」

「なに、それも知らぬのか。うちは四月参府明くる年の四月が御暇ということを忘れおったか。赤目小籐次、家臣として殿のご動静くらい注意しておれ」

「ご用人、赤目小籐次、森藩を辞してはや六年になります」

「そなたが勝手に屋敷を飛び出したのではないか」

「さようでしたかな」

小籐次の知らぬ若い娘が麦茶を運んできた。

「造作に与《あずか》る」

ともいわず高堂用人が茶碗を摑み、ごくごくと喉を鳴らして飲み干し、

「娘御、麦茶をもう一杯」

と願った。

「ご用人、それがしのを飲みなされ」

と小籐次が茶碗を高堂の手に渡すと、

「苦労しておるとみえて、だいぶ気が利くようになったではないか」

といいながら、空の茶碗を小籐次に渡すと小籐次の麦茶を受けとり、最前同様に飲み干した。

「で、ご用人」

「通嘉様からの言付けか、急ぎ赤目小籐次を屋敷に連れて参れと江戸家老様からのお達しじゃ。仕事の区切りをつけて、それがしと元札之辻まで同道せよ」

「いきなりですな。殿のお呼びにはございますが、出来兼ねまする」

「なりか、そなたのむさいなりは殿もご存じゆえ気にすることはあるまい。気にいたすな」

「そうではございません。いささか事情がございましてな」

小籐次は最前、空蔵からもらった読売を高堂用人に差し出した。

「なんだ、読売にまた載るような騒ぎを引き起こしたか」

と言いながら、読売を広げて腕を延ばし眼を細めて読もうとした。老眼がだいぶ進んでいると見えて、よく読めないようであった。

「高堂様、この眼鏡をお使いになられませんか」

帳場格子から見ていた観右衛門が国三に渡すように命じた。

「おお、大番頭どの、相すまぬな。まさか小籐次に読売を読まされるとは思わなかった。拝借しよう、おお、これはよう見える。それがしの眼鏡は、十年以前に誂《あつら》えたものでな、かようにはっきりとは見えぬ。外出の折は、失くすといかんで、屋敷においておるのだ」

といいながら、眼鏡の紐を両耳にかけ、

「なになに、深川惣名主の三回忌法要にそなたが呼ばれたか、ふーん、酔いどれ小籐次が伊達様の江戸家老どのやら成田山新勝寺の管主に七代目市川團十郎丈らと同席したとな、そのようなばかな話があるものか。読売というもの、虚言を弄するとは知っておったが、かような嘘は許されぬぞ」

「ご用人、それがしのことはどうでもよろしいのです。その先を読んで下され」

「そなたが深川惣名主に招かれてもおらぬのに、お歴々と同席したようなことを書かれたのじゃぞ、森藩久留島家の体面にも関わるではないか」

「関わりませぬ。その先を」

「なになに、久慈屋の家作の差配が神隠しにあったじゃと、ふむふむ、さようなことが江戸市中、それも夕暮れどきに起こったか」

「この読売は、新兵衛さん探しに役立てようと読売屋に願って書いてもらったものです。ただ今、この刻限も大勢の人々が新兵衛さん探しに回っておられます」

「ならば、そなたはなぜ久慈屋で研ぎ仕事などをしておる」

「読売を読んだ人の話がこないか、かように久慈屋どのの店先を借り受けて待っておるのです」

「まことか」

高堂が訝しげな顔で小籐次を見て、帳場格子の中の観右衛門を振り返った。

「赤目様の申されること真《まこと》のことでございます。長屋じゅうとうちの奉公人も半数ほどが、新兵衛さん探しに出ておるのです」

「神隠しとな、さようなことが江戸で起こるものか」

「長屋じゅうの住人が見ている中で起こったのでございますよ。その折、赤目様は、三河蔦屋の十二代目の法事で留守をなされておられたのでございます」

「大番頭どの、小籐次が市川團十郎丈らと同席したというのは真の話か」

高堂の話はあちらこちらに飛び散った。

「はい。伊達様の殿様とも水戸家の殿様とも赤目小籐次様は、昵懇にございますでな」

「大番頭どの、そなたもまたこの酔いどれの話を真に受けたか、さような話があろうはずもないわ」

と決め付けた高堂用人が、

「赤目小籐次、仔細は分った。長屋の差配が見付かった折は、早々に芝元札之辻の上屋敷に参れよ。門番にはそなたの風体をとくと話しておくで、追い払われることはなかろう。この読売はな、それがしが貰っていく。江戸家老様に事情を説明せぬとな、信じてもらえぬかもしれぬ」

と懐に仕舞い、

「それにしてもよう見える眼鏡じゃな」

と紐を外しながら眼鏡を手にしげしげと見直した。

「高堂様、それは私の備えの眼鏡でございますでな、高堂様の眼に合うようなれば、お持ち下さいまし」

「えっ、それがしに呉れると申すか。それはいかんぞ、かような高直《こうじき》なものを頂戴できようか」

「私はもう一つ持っておりますで、不自由はございませんでな」

「赤目、ああ大番頭どのが申されておるが、どうしたものかな」

「それがしがあとで大番頭さんにはとくとお礼を申し上げておきますので、ご用人お持ち下され」

「よいのか、眼鏡を頂戴に久慈屋に参ったようではないか。赤目、そなたが長屋におらぬゆえにかような仕儀に至ったのじゃぞ、よう礼を申してくれよ」

高堂用人が帳場格子に一礼して、陽射しの中に出ていった。その手には大事そうに眼鏡が光ってあった。

「大番頭どの、とんだ散財をさせました、いやはや、思わぬ借りを作ってしもうた。当分の間、こちらの研ぎは無料ということで願えませぬか」

「赤目様、さようなことはどうでもよろしゅうございますよ。それより高堂様がまたお戻りでございますぞ」

えっ、と驚きの顔で小籐次が表を振り返ると、橋上でなんぞ思案していた体の高堂が足早に久慈屋に戻ってきた。

「どうなされましたな、ご用人」

「差配が神隠しに遭ったという一件じゃがな、先月まで芝神明社の境内に、『かご脱け』一座が興行をしているのをそなた承知か。たしかその『かご脱け』興行の惹き文句が、『大仰天の神隠し、物隠し』であったがな、かような見世物と関わりはあるまいな」

「いや、気が付きませんでした。私も芝神明社をお参りした折に、その看板を見ておりますよ」

観右衛門が言い出した。

「見世物小屋の出し物でございますか」

と小籐次が思案し、

「いや、関わりがあるかどうかは知らぬが、橋の上でそのことを思い出したのじや」

「ご用人、仕事を片付けたら、念のために芝神明社を訪ねてみます」

「赤目、もうその一座はどこぞへ移っておるぞ」

「仲間が行き先を承知かもしれませんでな。なんの手がかりもない以上、念のため確かめに行きます」

「関わりがあるかどうかは定かではないぞ、よいな、赤目」

念押しした高堂用人が改めて観右衛門に頭を下げて、こんどは足早に店を出て、芝口橋を渡っていった。

「参られますか」

「この際です、無駄足は承知で訪ねてみます」

小籐次は京屋喜平の研ぎかけの刃物を研ぎ終えると、出来上がった分を届け、残りは明日ということで菊蔵の了解を得た。

「なんぞ手がかりがございましたかな」

「いえ、蜘蛛《くも》の糸にすがるような話ですがな」

と前置きして高堂伍平がもたらした話をした。

「その『かご脱け』の見世物、見ましたよ。いえね、孫にせがまれて見物したんですがね、たしかに大きな竹かごの中に人が入り、その上を燃えるような赤い布で一瞬だけ覆うんですよ。次の瞬間、布を取り払ったときには、竹かごの人間はどこにもいなくてね、まるで神隠しに遭ったような脱《ぬけ》わざでしたよ」

「ほう、竹かごの中に入れられた人間がどこぞに掻き消えますか」

「消えました。竹かごは六尺ほどの高さでしてな、竹で編んであるゆえ持ち上げないと人は出ることはできません。赤い布は瞬きする間ほどしか覆われておりません、それで掻き消えたのです。しかし、新兵衛さんの神隠しと関わりがございますかな」

と菊蔵が首を傾げ、

「だって、新兵衛長屋の庭にさような大かごなどございますまい。またかご脱けの芸人もいますまい。見世物と新兵衛さんの神隠しはいささか違うようですがな」

と言い足した。

小籐次は菊蔵に礼を述べて久慈屋に戻ると、研ぎ場はそのままで洗い桶の縁の風車が回っていた。そして、手代の国三が小籐次を待っていた。

「赤目様、大番頭さんの命でございます、お供させて下さい」

と願い、

「なにがあってもいけませんでな」

と観右衛門も言葉を添えた。

小籐次は、菊蔵から聞いた話をして、

「見世物の仕掛けものと、新兵衛さんの一件は違うのではないかと申された。まあ、思い立ったことだ、確かめてこよう」

芝口橋から芝神明社は、十丁ばかりだ。

小籐次は菅笠を被り、国三といっしょに芝口橋を渡った。西野内村の本家での修業で国三は大人の体付きになり、背丈も小籐次より七、八寸高くなって、足腰もがっしりとしていた。紙漉きの技を覚えたことで、紙がどういう性質のものか、しっかりと体で理解していた。

「国三さんといっしょに江戸の町を歩くのは何年ぶりのことかのう」

「三年半ぶりにございます」

「よう頑張られたな」

小籐次の言葉に国三が黙って頷いた。

「この修業はそなたの先々に大きな実となって返ってくるものだ。決して遠回りではない」

「はい」

二人は源助橋を渡っていた。

その瞬間、小籐次は背筋がぞくりとするような感じにさせられた。なんなのか、新兵衛の行方知れずと関わりがあるのかないのか、嫌な感じだった。

「どうかなされましたか」

と国三が小籐次に聞いた。

「そなたは感じぬか」

と前置きした小籐次は、朝から再三再四感じる妖しげな気配について語った。

国三が後ろを振り向こうとして思いとどまり、

「私はさような感じは致しません。赤目様は、これまで数々の修羅場を潜ってこられた武芸者ゆえ、神経が鋭敏なのでございましょう」

「殺気とも違う、なんとも訝しい感じなのだ」

「こたびの新兵衛さんの神隠しと関わりがございましょうか」

「そこだ。それがなんとも言い切れぬゆえ気色が悪い」

「西野内村におるとき、山に独りで入り、楮《こうぞ》、三椏《みつまた》などを採りました。その折、背筋にぞくりと感じることがございました。山に棲む猪や熊ではございません、なにか他の生き物の精のようなものと思いました」

「この世の中には、われらが想像もつかぬことがあり、起こるでな。一概に神隠しではないとは、言い切れまい」

「はい」

と国三が応じたとき、二人は芝神明社、見世物小屋が並ぶ境内の一角に到着していた。

最初に眼に付いたのは、谷村段五郎一座という芝居小屋だった。入口に男衆が立っていた。

「ちとものを尋ねたいのだが」

「おや、酔いどれ小籐次様ではないかえ。最前読売でおまえ様の名を読んだばかりだ。差配の新兵衛さんは見つかったかえ」

「それが今のところなんの手がかりもないでな、こうして邪魔に参った。先月まで『かご脱け』一座が興行していたということだが、その後、どこに行ったか知らぬか」

「ははあ、酔いどれ様は、新兵衛さんがかご脱けの仕掛けで消えたかと考えなさったか。かご脱けはよ、おれも手伝ったから承知だが、床にもかごにも赤い布の動きにもすべて、客が一瞬にして目くらましにかかるようにあれこれと、眼に見えない仕掛けがしてあるんだよ。とはいえ、結局はかごの中の女芸人がこの世から消えたわけじゃねえ、その証に最後には、またかごに戻っているところを見せるからね」

芝居小屋の男衆がかご脱けではないと言い切った。

「それでも『かご脱け』一座を追いかけるというのならばよ、一座は伊香保《いかほ》の湯の夏祭りに出向いているからよ、伊香保まで旅することになるぜ。それでも酔いどれ様、行くかえ」

「いや、そなたの話で得心致した。手間をかけたな」

小籐次は礼を述べ、芝神明社の本殿に国三といっしょに向った。

三

小籐次と国三が久慈屋に戻ったとき、暮れ六つ前の刻限であった。

芝口橋は仕事帰りの職人や掛取り帰りの手代、いささか遅く江戸に到着した旅人が旅籠《はたご》の多い馬喰町《ばくろちょう》辺りに向うのか、ともあれ大勢の人が往来していた。

西日が橋上を斜めから照らし付け、往来する奉公人や旅人の疲れ、旅塵を浮かび上がらせていた。

風が吹いて、残暑を少しばかり吹き散らした。

小籐次は、久慈屋の店先に設えられた研ぎ場の洗い桶の縁に立てた風車が、くるくると回っていることに目を留め、

うむ

と訝しく思った。

風車の下に鈴がぶら下がり、揺れていたからだ。だが、その鈴音は、夕暮れ前の橋の雑踏に紛れて、辺りに響いていたわけではない。

小籐次は鈴を訝しく思った。むろん小籐次が付けたものではない。

久慈屋の店先の、研ぎ場の前に立った小籐次は長いこと鈴を無言で眺めた。いっしょに戻ってきた国三が、

「どうかなさいましたか」

と訝しい顔付きで訊いた。

洗い桶の縁の鈴が不意に鳴り出し、店に響き渡った。

「おや、どうかなされましたか」

上がり框に腰掛けた難波橋の秀次親分と話していた観右衛門が、小籐次に気付いて声をかけた。

「この鈴はどうしたのであろうか」

「えっ、鈴ですって」

秀次親分が小籐次に問い返し、

「わっしが来たとき、鈴なんてあったかねえ」

と首を捻った。

国三が小籐次の立ち竦《すく》む傍らにしゃがみ込み、

「赤目様、これは」

と顔を見上げた。

「どうした、国三」

観右衛門が険しい表情の手代に気付いて糾した。

「赤目様、もしかして新兵衛さんの腰にぶら下げられていた鈴ではございませんか」

国三は、呆けた新兵衛の居場所が分るようにお夕が腰帯に結びつけた大鈴を見覚えていた。

「なんですって。たしかですか、赤目様」

難波橋の秀次が立ち上がって研ぎ場に近寄り、風もないのに鳴る鈴をしげしげと見詰めた。

不意に鈴音が止んだ。

小籐次が片膝ついて洗い桶の傍に座り、風車の竹製の柄に結び付けられた鈴の紐を確かめた。色の違う麻糸をより合わせた紐は、お夕に頼まれて小籐次が造ったものだ。だから、よく覚えていた。

「新兵衛さんの腰帯に結び付けられていた鈴がいつの間に」

「赤目様、わっしはつい最前、赤目様の研ぎ場を見ながら敷居を跨いだが、鈴なんて目につきませんでしたぜ。ただ、風車がゆっくりと回っていただけだ」

秀次が首を傾げ、帳場格子を飛び出た観右衛門も研ぎ場にやってきた。

全員が無言で鈴を見た。すると鈴が風もないのに、
ちりん
と一つ鳴って止んだ。

「それがしが研ぎ場をあとにしたときは鈴などなかった。それがどうして、いつ

の間に」

「小僧さん、小助」

と観右衛門が険しい声で小僧を呼んだ。

一年半前、久慈屋に奉公に来た小僧の小助は、この界隈、佐久間小路鍛冶町《かじちょう》裏の長屋の職人の次男坊だ。江戸育ちだけに目端が利いた。

「はっ、はい」

大番頭の険しい声に警戒の顔で小助が研ぎ場に顔を出した。

「おまえさん、赤目様の研ぎ場の周りを掃除しておいでてでしたな」

「はい。店仕舞いが近いゆえ箒《ほうき》を使ってきれいにしました。でも、赤目様の道具などなに一つ動かしたりなんかしていません」

「風車に鈴が下がっていたのを見ましたか」

えっ、と思いがけない問いに風車を見た小助が、

「大番頭さん、鈴なんて見ませんでしたよ。だって風車が止まっているので、ええ、ちょっとだけ触って回したんですから、もしあれば気が付きます。おかしいな、だれが鈴なんて結んだんだろう」

と答えた。

「わっしもね、最前から上がり框に座って小僧さんの箒使いをちらりちらりと見ていました。どう考えても鈴なんてございませんでしたよ」

小籐次の視線が国三に行った。

視線の意味を飲み込んだ国三が新兵衛長屋に向って駆け出していった。お麻とお夕を呼びに行ったのだ。

「小助、仕事に戻りなされ」

と観右衛門が言い、研ぎ場に小籐次、秀次、そして、観右衛門の三人が額を集めた。

「赤目様、親分、これは人の仕業ではございませんよ。神隠しを新兵衛さん自ら、私たちに告げにきたんだ」

観右衛門が小声で呟いた。

だが、小籐次も秀次もその呟きにはなにも応えなかった。その代わり、秀次が、

「赤目様は、芝神明社に『かご脱け』一座のことを聞きに行ったんですって。どうでしたね」

と話題をいったん変えた。

小籐次は秀次の問いに首を横に振り、当て外れであった、と芝居小屋の若い衆

から聞いた話をした。

「こりゃ、見世物なんかじゃございませんよ」

と観右衛門が二人に言い、

「神隠しに遭ったんだ、新兵衛さんは」

と繰り返した。

「どう思われます、赤目様」

「大番頭さんの言葉に抗《あらが》いたいが、この鈴を見せられてはな」

「世の中には人智を超えた摩訶不思議が起こりますがな。まさかわっしの前でかようなことが起こるとは」

と秀次が呟き、

「赤目様、小僧さんの話は信じてようございましょう。その小僧さんのあと、研ぎ場に近付いた人間なんていませんぜ。いくらわっしが大番頭さんと話していたといっても、表から入ってきたり、研ぎ場で立ち止まったりする者には必ず目が行きましたよ」

小籐次も、秀次らの視線の先で風車に鈴を結びつけられる人間がいたとは思っていない。だが、だれかがそのようなことをしなければ、風車に鈴が結びつけられて、風もないのに鳴ったり、風があるのに止んだりするのはおかしい。人の考えをはるかに超えた妖しい所業だった。

だが、一方でそのような摩訶不思議を拒む考えが小籐次の胸の中にあった。

芝口橋に足音がして国三がお麻、お夕、それに勝五郎を伴い、久慈屋に走ってきた。そして、研ぎ場の前で足を止め、三人がじいっ、と鈴に眼をやった。

長い沈黙がその場を支配した。

「お父つぁん」

お麻が呟いて、ぼろぼろと涙を零《こぼ》した。

「違いねえや、新兵衛さんの腰にぶら下げられていた鈴だ」

勝五郎も言った。

「爺ちゃん」

お夕が話しかけるように言い、

「赤目様、爺ちゃんの鈴に間違いございませんよね」

と念を押したとき、風もなく風車が回ってもいないのに、

ちりん

とふたたび鳴った。

「新兵衛さんが返事をしやがった」

小籐次は水を張った洗い桶の縁から風車を抜き、お夕に渡した。そして、

「大番頭さん、皆に相談がある。店座敷を貸してもらえぬか」

と小籐次は願った。その言葉に観右衛門が頷き、研ぎ場を片付けようとする小籐次に国三が、

「道具は私が舟に積んでおきます。赤目様は、店座敷にお行きくださいい」

と片付けを肩代わりすると言った。

「願おう」

小籐次は裾の汚れを手拭いで払い、店座敷に向った。そこには重苦しい空気が漂っていた。

「ご一統、この一件だがしばらく他の者には内緒にしてくれぬか。かようなことが表に出ると、話が奇妙な方向に広がりそうな気がするのだ」

「わっしもそれがいいと思います」

秀次が賛意を示した。

「むろん私も」

観右衛門が秀次に続き、勝五郎が、

「この話、空蔵に聞かせたら狂喜しますぜ。だがね、わっしもこいつは酔いどれ様といっしょの考えだ。なんとも解せないしよ、人間があれこれ算段するのはよくねえと思うのだ」

「勝五郎さんの仕事を一つ失くすことになるが我慢してくれぬか」

と言った小籐次の視線がお麻、お夕に行った。

親子はなにも応えなかった。お麻は、どう考えてよいか分らないという顔付きをしていた。

「赤目様、もう爺ちゃんは戻ってこないの」

「それがしには答えようもない話じゃ、お夕ちゃん」

「死んだのね、私たちにお別れも言わせないで」

「お夕」

と母親が娘の手を握り締めた。その手には風車が握られ、その先に鈴がぶら下がっていた。

「おっ母さんにはね、お父つぁんが死んだなんて考えられない。どこかをふら付いているような気がするの、きっと生きているよ」

「そう思いたいのは分るけど、爺ちゃんはこうして私たちに別れを告げにきたんじゃないの。ねえ、赤目様」

母子の言葉に小籐次も他の者もなにも応えられなかった。

「お願いがございます」

と姿勢を正したお麻が言い出した。

「なんですね、お麻さん」

と観右衛門が糾した。

「ご一統様、爺ちゃん探しは今日かぎりにして下さい。父の新兵衛は生きていると信じたい。でも、私たちが探している場所なんかじゃないところをさ迷うているような気がするのです。親分さん、お父つぁんがいなくなったのに、娘の考えは薄情ですか」

「お麻さん、どう応えればいいんだ。だがな、おめえさんがいちばん案じていることをここにいるみなが知っているんだ。そうじゃねえか、赤目様」

「いかにもさようだ、親分さん」

と応じた小籐次は、お夕の手から風車を受けとり、一座の真ん中、畳と畳の間の縁に立てた。

「新兵衛さん、おまえ様が戻ってきたいときには、必ず芝口新町の新兵衛長屋に帰ってこられるのじゃぞ。戻り道が分らぬようなれば、おまえさんが風車に結びつけた鈴をな、新兵衛長屋のおまえ様が消えた庭の一角に立てておく。その風車の風きりの音と鈴の音を頼りに戻ってこられよ、よいな」

小籐次が言い聞かせると、

ちりん

と風もないのに鈴が微かな音を響かせた。

翌朝、小籐次は新兵衛長屋の庭先の、梅の木の傍らに六尺ほどの竹を立て、その先端に鈴の付いた風車を立てた。

「酔いどれ様よ、なんだね、そのまじないはさ」

勝五郎の女房おきみが女衆を代表して尋ねた。その場にお夕がいたがなにも応えなかった。

「新兵衛さんがどこぞでな、道に迷うているときはこの風車と鈴の音を頼りに戻ってくるように立てたのだ」

「鈴はいなくなった新兵衛さんの腰に付いていたんじゃないかね」

「おきみさん、お夕ちゃんがな、同じような鈴を持っていたのじゃ」

写真：佐伯泰英事務所

旅と小説

佐伯通信
2014年8月（平成26）
第22号
発行
佐伯泰英事務所
担当／文藝春秋

海外旅行の記憶にはいくつかのパターンがあるように思える。

スリランカは旅を終えて数か月後にじんわりと蘇ってくるタイプかもしれない。隣国インドに比べ（そもそも比べることが無意味なのだが）色彩が希薄というか刺激が少ないというか、旅している間はさほど印象に残らなかった。

そこでホテルの部屋で持参した北欧系作家のミステリー文庫を読みふけっていたら、ますますスリランカが遠のき、気持ちが陰《いん》鬱《うつ》になった。

日本に限らずどこの国も強いストレスを抱えて現代を生きている、そんな北欧社会を反映した虚構の物語に気分が落ち込んだ。

異国に旅に出て、持参した小説を読んで暗い気持ちになることもないのに、と分かっていた。書を捨てよ、町へ出よう、と思ったが読み続けた。

　そんなとき、ふと小説の役目っていったいなんだろうと考えた。

　私の書く時代小説の特徴は、浮世離れした能天気と勧善懲悪《かんぜんちょうあく》かな。いつもワンパターンの作風に劣等感を抱きつつ書いてきた。だが、読者は重苦しくも切ない現実から逃れたい気持ちで架空の世界「江戸」に心身を癒しておられたのかなどと己の仕事を勝手に分析して妙に得心した。

　旅から数か月が経った今、パソコンの前で含羞《がんしゅう》を湛えたスリランカ人の風貌や仕草《しぐさ》がふうっと蘇ってきた。

　こんな旅もありか。日常にもどり海と朝日を見ながら、旅の余韻にひたっている。

「佐伯通信」第23号は、9月12日刊行予定の『交代寄合伊那衆異聞21　暗殺』（講談社文庫）に入ります。

新シリーズ いよいよ文春文庫から刊行開始!

文藝春秋文春文庫
「新・酔いどれ小籐次」シリーズ担当　田中貴久

「佐伯泰英先生からお呼びがかかった!」

かねてより先生に作品のご執筆のお願いをしてきた歴代の担当者たちとともに奮い立って、熱海は惜櫟荘《せきれきそう》へとお伺いしたのが2013年の10月。ようやく「新・酔いどれ小籐次」シリーズの第1作「神隠し」をお披露目いたします。

旧シリーズの愛読者のかたがたにはご存知の主人公、小柄な体軀に強靭な精神とすさまじい剣技を秘めながらも、市井のなかで謙虚さを失わずに誰からも愛される小籐次の、新しい冒険がこれからはじまります。江戸の町に一陣の風が吹き渡り、ミステリアスな事件が起こる本作をかわきりにして、いったいどんな事件が待ち受けているのか?　そして錯綜する登場人物たちの運命は?

読者とともに、担当編集も頂く原稿を楽しみにしています。

※「新・酔いどれ小籐次」は別宮ユリア・田中貴久で担当していきます。

佐伯泰英／近刊のお知らせ

9月

12日発売予定

《講談社文庫》

交代寄合伊那衆異聞『暗　殺』 21

「佐伯通信」第23号が入ります。（初版の初回出荷分にのみ挟み込み）

10月

9日発売予定

《光文社文庫》

夏目影二郎始末旅『神君狩り』（シリーズ最終巻） 15

夏目影二郎始末旅【決定版】

12 **鵺女狩り** 8月発売予定

13 **忠治狩り** 9月発売予定

14 **奨金狩り** 9月発売予定

11月

15日発売予定

《ハルキ文庫》

鎌倉河岸捕物控『新友禅の謎』（仮） 25

28日発売予定

《新潮文庫》

新・古着屋総兵衛『歌麿受難』（仮） 9

2014年の「佐伯通信」は、佐伯泰英事務所が下記出版社の協力のもと発行いたします。

㈱文藝春秋、㈱講談社、㈱角川春樹事務所、㈱双葉社、㈱光文社、㈱新潮社小籐次は虚言を弄した。

「ふーん、考えたね。戻り道が分るといいがね」

おきみが納得してくれた。

「お麻さん、どうしていなさる」

小籐次がお夕に聞いた。

「爺ちゃんに陰膳をそなえるのは止めるって、今朝からよしたの」

「お麻さん、覚悟したかね」

と思わず呟いた女衆の一人が慌てて、

「いえね、お夕ちゃん、勘違いしないでね、新兵衛さんが亡くなったなんて考えてないから」

「おばさん、大丈夫よ。私たち、爺ちゃんが死んでいるとも生きているとも思ってないわ。だって、今までだって爺ちゃんは、この長屋に居るんだか居ないんだか、まるで眼に見えない風のような爺ちゃんだったでしょ。これからもいっしょよ」

「そうだね、新兵衛さんは何年も前から仏様みたいな人だったものね」

と女衆がお夕の言葉に合わせ、ほっとした顔をした。

「お夕ちゃん、これから仕事に出ようと思うがいっしょに行かぬか。帰りにおりょう様のところに立ち寄ってこようと思う。その気があるならば、お麻さんに断わってくるがよい」

「えっ、いいの。そうする」

お夕が庭先から駆け出していった。


四半刻後、お夕を乗せた小籐次の仕事舟は、築地川から江戸の内海に出て、大川河口へと舳先《へさき》を向けた。

今日もじりじりとした暑さになりそうな強い陽射しが小舟を射た。

小籐次は破れ笠を被り、お夕はお麻が持たせた日傘を差していた。

「赤目様、聞いてほしいことがあるの」

お夕が言い出したのは、佃《つくだ》の渡し船とすれ違ったあとのことだ。

「なんだな」

と問い返しながら、小籐次はなんとなくお夕の言葉の推測がついた。

「私、爺ちゃんがいなくなった瞬間、見ていたの」

「そうか、そうであったか」

「爺ちゃんは、皆が夕餉の菜を持って庭に集まってきたのが嬉しかったの。それでにこにこと笑っていたの。私のいたところから三、四間と離れてなかったわ。そのとき、すうっ、と陽炎《かげろう》のような靄《もや》が堀留から吹いてきて、その場にいる人は互いが一瞬見えなくなった、爺ちゃんの姿もね。でも、私には、はっきりと見えていたの。爺ちゃんがいなくなる瞬間が」

「たれぞに連れて行かれた感じであったか」

「いえ、違うわ。爺ちゃんは陽炎に向って、よろめくように一歩踏み出したとき、足先から掻き消えたの」

小籐次はしばし沈思した。そして、尋ねた。

「お夕ちゃん、新兵衛どのは、孫のそなたになんぞ言い残さなかったか」

「爺ちゃんはもう長いことちゃんとしたことを話さなかったでしょ」

「そうであったな」

お夕はその情景を思い出すように考え込んだ。

「爺ちゃんの姿が靄に溶け込むように消える前、私に向って笑いかけたの。この何年も見せたことのない笑顔だったわ。あれはお別れの笑いよね、赤目様」

ふうっ、と小籐次は吐息をしていた。

「分らぬ。この世の中には分らぬことのほうが多いということを、新兵衛さんは教えてくれた」

と己に言い聞かせるように言った小籐次は、

「お夕ちゃんが思い付いた考えが、新兵衛さんがそなたに告げたかったことであろう、それはたしかじゃ。お夕ちゃん、このことを桂三郎さんやお麻さんに話したのか」

小籐次の問いにお夕は首を横に振った。

「なぜか、お父つぁんとおっ母さんを悲しませるような気がしたの。いけないことかしら」

「いや、お夕ちゃんが話したくなった折に話せばよかろう。ただ今、この赤目小籐次に話したようにな。わしはだれにも話さぬ」

はい、と答えたお夕の顔は新兵衛がいなくなって以来、暗く沈んでいた。だが、数日ぶりに表情が和んだような気がした。

「赤目様、爺ちゃんのことが落ち着いたら、赤目様に相談があるの」

「それがしが出来ることなれば、なんでも相談に乗ろう。いつなりともな」

小籐次にはお夕の相談が想像つかなかった。だが、この利発な娘の相談ごとを叶えてやりたいと、小籐次は痛切に思った。

四

深川蛤町《はまぐりちょう》の裏河岸の船着場には、平井村から野菜を小舟に積んで商いに来る角吉《かどきち》がいて、その傍らには少しお腹がせり出してきた姉のうづが手伝いをしていた。

曲物師《わげものし》の太郎吉《たろきち》と所帯を持って二年余、うづの腹には二人の子が宿っていた。

そのうづの上には日傘が差し掛けられ、陽を遮っていた。

船着場といっても石段下から杭が打ち込まれた幅二尺ほどの橋床が、六間ほど突き出しているだけのものだ。

竹藪蕎麦のおかみさんのおはるやおかつら、蛤町界隈の常連の女衆が集まって、角吉の持ってくる新鮮な野菜を買い求め、お喋りを楽しんでいた。

この野菜舟、うづ以来、二代目となる商いだ。

うづが蛤町の裏河岸に通って馴染みを広げ、太郎吉に見初《みそ》められて所帯を持って、弟に引き継がれた。だが、姉は今も弟を手伝っていた。

　小籐次が研ぎ舟を石垣から突き出した橋板に着けようとすると、うづが気付いて、

「赤目様、三河蔦屋の先代の法事はぶじに終わったそうね」

　と声をかけてきた。そして、お夕を見て尋ねた。

「今日はお夕ちゃんが酔いどれ様の手伝いなの」

「はい。駿太郎さんは、須崎村のおりょう様のところにおられます。私たち、帰りに望外川荘に寄るんです」

「というわけだ。みなの衆、あれこれあってこの数日顔出しできなかった。今後は精々通ってくるで、これまで同様にお付き合い願いたい」

　と小籐次が、菅笠の頭を下げた。

「酔いどれ様のあれこれは、今に始まったことではないからな」

　河岸道から小籐次の到来を見ていたのか、竹藪蕎麦の親方の美造《よしぞう》が研ぎに出す刃物を手に橋板を歩いてきた。

「親方、そう申すでない」

　と応じた小籐次は、

「お夕ちゃんを伴ったのはな、いささか理由があるのだ。みなに聞いてもらいた

い」

　と前置きして新兵衛が行方知れずになった経緯を簡単に告げて、

「もしこの界隈で見かけたら知らせて欲しいのだ」

「酔いどれ様、おれ、読売を読んだよ。みんながいる前で姿が掻き消えたってな。神隠しだって書いてあったぞ」

　小籐次の言葉に美造が応じた。

「それがしはその場に居なかったでなんとも言えぬが、読売は大仰《おおぎょう》に書くのが常套《しきたり》であろう。ともかくうづさん、そなたは新兵衛さんを承知だ。見かけたら知らせてほしいのだ」

「お夕ちゃん、心配ね。深川界隈にいたら必ず知らせるからね」

　うづがみんなを代表して言い、女衆が頷いた。

「おお、だれでもさ、どんなことでもいいや、気付いたらうちの蕎麦屋に知らせてくんな。そしたらうちの人間を芝口新町まで飛ばすからよ」

　と美造が言い、女たちが「元気をお出し」などとお夕を口々に慰めて野菜舟から去っていった。

「酔いどれ様、差し当たってうちの包丁を研いでくんな」

「有り難い」

小籐次は小判型の洗い桶に堀の水を張り、研ぎ場を設えた。するとうづが野菜を入れた竹籠を小舟から下ろし、得意先を回る様子を見せた。

「うづ姉ちゃん、おれが出先まわりをしようか。お腹の子に障るとよ、あとが厄介だぜ」

「あら、角吉も気遣いをみせるようになったのね。でも、大丈夫よ。お腹は落ち着いているし、産婆さんがね、お産の日まで体を動かしていたほうが安産なんだっていうの」

と答えたうづが、菅笠をかぶり、どっこらしょ、と小舟から立ち上がった。

「うづさん、私もいっしょに行っちゃいけない」

「あら、お夕ちゃんが手伝ってくれるの。助かるわ」

うづは、お夕の申し出を快く受けて断わらなかった。お夕の気分が少しでも紛れるといいと思ったからだ。

蛤町裏河岸の船着場から女たちが消えて、男三人が残された。美造はなんとなく小籐次と話がしたいらしい。

「新兵衛さんは呆けているんだったな」

「この数年、まるで童心に戻ったようでな、無邪気なものであった。お夕ちゃんの一家はむろんのこと、長屋じゅうに見守られて幸せに過ごしてきたのだがな。まさかかような仕儀にいたるとは夢にも考えなかった」

「酔いどれ様よ、神隠しってのは厄介だぜ。この世の人間にどうにかできるものでもないからな」

「お夕ちゃんも分っておるのだ」

小籐次は、鈴の一件やお夕が見た靄に溶け込むように消えた新兵衛の最後の光景などは告げずに応じた。

「親方、そんな馬鹿なことがあるもんか。おりゃ、どこかで元気に生きているような気がするよ。そうじゃねえと、お夕ちゃんが可哀相だ」

角吉が呟くように言い出した。

姉から野菜舟の商いを引き継いだ角吉は、この二年ですっかりと商いを覚えて、顔付きも動きもしっかりとしてきた。

「角吉、そうはいうがよ、この世の中にはわっしらが考えもつかないことが未《ま》だ未だあるんだよ」

「神隠しもそうというのか、親方」

「ああ」

「おれはだれがなんといおうと信じないよ、そこに居た者が掻き消えたなんてあるものか。必ずお夕ちゃんの爺ちゃんは戻ってくるよ」

角吉が強く言い切った。

小籐次は二人の会話を聞きながら、研ぎ仕事を始めていた。

「角吉、おめえ、背中なんぞ急にさ、ぞくぞくとすることがないか。後ろを振返ってもだれもいないなんてことはないか」

「それはあるさ。だけど神隠しとか物隠しなんか、なんぞ曰《いわ》くがあってのことだ。新兵衛長屋の衆もよ、なにかを見逃したのさ。それで新兵衛さんは木戸口を出ていったんだ」

「読売によると、長屋の衆がすぐに堀から町内を手分けして探したというぜ。呆けた年寄りがそう遠くに行くはずもないや。新兵衛さんは、長屋の敷地から消えたんだよ」

「親方、消えたものならば戻ってきてもいい道理だな」

「それは向こう様が考えるこった」

「向こう様ってだれだえ」

　角吉は野菜が陽射しに当たらないようにうづが用いていた日傘の角度を調整し、時に井戸水の入った桶から柄杓で清水を掬《すく》って青物にかけたりしながら、美造とやりあっていた。

「そりゃよ、世間様じゃねえんだよ」

「世間様でないってなんだ、親方」

「だからよ、神様とか仏様のようなものだな。だってよ、神隠しというじゃないか」

「おれは神隠しなんてねえっていってんだよ」

　齢の差のある二人の話は全くかみ合わなかった。美造親方が小籐次に助けを求めるように、

「なあ、酔いどれ様、人の眼に見えないことってあるよな」

「親方、われらの住む場所を世間とか世上とか現世というならば、前世があって来世があるという考えもあろう。ところが人が亡くなり、黄泉《よみ》、冥界、浄土へ引き移るとお坊さん方は仰《おつしや》るが、だれも見た者はおるまい。ゆえに、現世の人間は神仏にすがり、救《たす》けを求める。ちと話が外れたな、神や仏が支配する世から現世の人を連れにくるとは思えぬ。となると、神隠しを為す者はだれなのか、どこか

ら来たのか」

「それが知りたいんだよ」

「わしも知らぬ。神隠しがあるとしたら、最前話した冥界からの使いではあるまい。異界とでもいうべきところかのう」

「異界ってなんだえ、赤目様」

　と角吉が訊いた。

「さようじゃな、刻《とき》の流れも空間《ば》もなく眼にも見えないところかのう。とはいえ、わしが思うたことで当てにはならぬ」

「赤目様、眼に見えないものが存ってたまるものか」

　と角吉が抗弁した。

「角吉、そう言われるともはやなにもいえぬ。信じるか信じないかの二手に分かれるな」

「おりゃ、信じねえ」

「おれは信じるぜ」

　美造親方が言い切った。

「で、酔いどれ様はどっちだ」

「正直、凡俗のわしには分らぬ。あるようでもあり、ないようでもある」

小籐次は心中を明かさなかった。かようなことは独りひとりの心の在りようと思ったからだ。

「きたねえ、赤目様がいちばんきたねえや」

と角吉が言い放った。

「そういうことだ、角吉。わしは未だ悟りなど無縁の爺じゃ。神隠しがなにか、どこに新兵衛さんがおられるのか、努々《ゆめゆめ》思いもつかぬ」

「その爺様侍が御三家水戸の殿様、伊達の殿様、成田山新勝寺の管主様、市川團十郎丈から、わっしら下々の者まで昵懇というのだから、神隠し以上に話が分らないや」

美造親方の話柄《わへい》が転じてこの話は終わった。


小籐次は、この日、蛤町裏河岸で仕事を続けた。七つ過ぎの刻限には店仕舞いをし、お夕とともに小舟を大川の河口から上流の須崎村へと向けた。

未だ陽射しは強く大川の川面《かわも》がきらきらと輝いていた。

「お夕ちゃん、退屈はしなかったか」

「ううーん、うづさんが気にして、太郎吉さんの家にもお邪魔してお昼ごはんまでご馳走になりました」

「どうだったな」

「うづさん、幸せそうだった。わたし、あんなお嫁さんになりたい」

「たれぞおるのか」

お夕の相談とはこのことかと思って聞いたが、

「いるわけないでしょ」

お夕に一蹴された。

「うづさんたら、舅の万作《まんさく》親方にも姑《しゅうとめ》のそのさんにも可愛がられているのがよく分ったわ。だから、わたしはうづさんのようなお嫁さんになりたいと言ったたけよ」

「わしは、お夕ちゃんの相談かと勘違い致した」

「相談ごとか」

と呟いたお夕が言い出した。

「爺ちゃんのことがどうなろうと、近々赤目様とおりょう様に相談しようと思っているることがあるの。いいかな」

「われらの舟は須崎村に向っておる。どうだ、今日にもおりょう様に話してみては」

「今日でもいいけど、わたしは二人に聞いてほしいの」

相分った、と返事をした小籐次の櫓さばきが大きく速くなって、舟足が上がった。

須崎村の望外川荘の船着場には、駿太郎が櫓の音を聞きつけたか、出迎えていた。手には小籐次が削った木刀があった。

「お夕姉ちゃん、元気だった」

「元気よ、駿太郎さんはどう」

「剣術の稽古を朝夕しておるぞ」

「駿太郎さんはお侍さんだものね」

「父上のような強い侍になるぞ」

小籐次が舫い綱を杭に結び付け、三人して竹林を抜けて望外川荘の茶室の不酔《ふすい》庵《あん》の裏手から庭に出ると、西に傾いた陽射しに泉水が黄金色に輝いていた。

母屋の縁側では、白紬を着たおりょうが、門弟の添削を為していた。その端座した姿がこの暑さにも拘わらず、涼しげに小籐次の眼に映じた。

「お早いお戻りにございましたな」

「ちと異変が出来してな」

小籐次は縁側に歩み寄ると、お夕が、

「おりょう様、こんにちは」

と挨拶した。

「お夕さん、よう参られました。駿太郎と会いたくなりましたか」

「はい。それとおりょう様と赤目様に相談がございます」

お夕がはっきりと言った。頷いたおりょうが膝の書き物を座敷に片付けると、あいに茶菓の仕度を命じた。

「その前にな、異変の話をしておこう。駿太郎もいっしょに聞くのじゃ」

縁側に座した小籐次が駿太郎にも命じて、その場に座らせると、新兵衛の行方知れずの話を繰り返した。

「なんとさようなことがございましたか。お夕さん、心配ですね」

「父上、神隠しに遭うたのは真ですか」

駿太郎がお夕の身を案じながら尋ねた。

「神隠しかどうか決めかねる。じゃが不思議なことが二つほど起こっておる。一つ目は、お夕ちゃんが新兵衛どのの掻き消えた瞬間を見ておったことだ」

と前置きした小籐次は、お夕の目撃談を語った。そして、これで間違いないかという風にお夕を見返した。

「間違いございません」

そこへあいが、四人に熱い茶と芋羊羹《いもようかん》を運んできて話は中断した。

小籐次は茶で喉を潤し、三人を相手に話を再開した。

「もう一つは、昨日、久慈屋で研ぎ場を設えてもらい、仕事をしておる折、それがしが中座した際の出来事だ」

小籐次は、洗い桶に差していた風車にいつの間にか新兵衛が腰に付けていた鈴が結びつけられて、何度か風もないのに鳴った出来事を告げた。

「なんということが」

おりょうが茫然とした表情で呟いた。

「おりょう様はこの異変、どう考えられる」

小籐次の問いにしばし沈思していたおりょうが、

「神隠しかどうか、私には分りかねます。されど、いつの日か、新兵衛様はお戻りになるような気がします」

「長屋の庭先に立てた風車と鈴の音を頼りにか」

「新兵衛様の身を案じておるお夕さんに安請け合いはしとうございません。かような人の仕業と思えぬことは、人智を超えたかたちで解決を見ることがございます。ただ今は、静かに新兵衛様のお戻りを待つのがよろしいかと存じます」

おりょうの言葉を小籐次もお夕も一語一語嚙みしめるように聞いた。

「おりょう様、わたしの考えもおりょう様と同じような気がします。けれど、爺ちゃんの身を案じているおっ母さんには伝えられません」

「お夕さん、しばしこのことはお夕さんの胸に仕舞っておられませ。それが大事かと思います。な、赤目様」

小籐次はおりょうの言葉にただ頷いた。そして、それ以上の言葉を重ねることは控えた。

「お夕さん、相談とはなんでございましょうか。新兵衛様の行方知れずと関わりがないのですか」

「ないのかあるのかお夕には判断がつきません。でも、おりょう様が言われたように、爺ちゃんのことは長引くような気がします。だから、わたしはわたしのことを考えどおりにやる時節かと思いました」

「奉公をなされたいのですか」

「はい」

おりょうがすばりと聞いて、お夕がはっきりと答えた。

「お夕姉ちゃん、奉公先は決まっておるのか」

駿太郎が訊いた。お夕が不意に大人に見えた、そんな感じの駿太郎の顔付きだった。

「いえ、駿太郎さん、未だなにも決まっておりません。でも、私は、十三になりました。世間ではそろそろ家を離れて奉公に出てよい齢です」

お夕が言い切った。

「お夕さん、なにか為さりたいことがあるの」

「ただお嫁さんになるために奉公するのはつまらないような気がします。お父つぁんのように手に職をつけることがしとうございます。ですが、それがなにか」

「分らないのね」

「はい」

「どうですか、赤目様」

おりょうが小籐次に問うた。

「お麻さんも桂三郎さんも、お夕ちゃんの気持ちは知らぬのじゃな」

「おっ母さんは、爺ちゃんの面倒を見るのが私の仕事と思うています」

「相分った。こうせぬか、この相談しばし、新兵衛さんのことがはっきりするまで待つことにしては」

「いつまででございましょう」

お夕が何年も待つのかと案じた。まず女職人の奉公先は限られていた。その上、お夕にはなにを為していいのか、分らぬという。

「まず日限を決めずに待ってみませぬか。新兵衛様の動静は別にして母御と父御の気持ちも定まりましょう。それまでお夕さんは己がなにを為したいか、しっかりと考えなされ。考え付いたら、赤目様がきっとそれに合うた奉公先を見付けてこられます」

「おっ母さんが奉公なんて駄目だと言ったらどうしよう」

お夕が不安げな顔で呟いた。

「その折は、うちで奉公なされ」

「えっ、おりょう様のところでございますか」

「母上、あいさんもおるぞ」

お夕と駿太郎が口々に言った。

「そのあいの実家から、行儀見習いを終えて戻ってこいとの催促がございました。親御はあいに見合いをさせる考えのようです」

「そうか、あいもさような齢になったか」

と応じた小籐次が、

「どうだ、おりょう様の考えは」

「お願い申します」

とお夕が即答した。


夏の宵、大川に小舟が浮かんで、お夕と駿太郎が姉弟のように並んで座していた。だれもが無言で、それぞれの行く末を考えていた。

小籐次一行が戻った芝口新町の新兵衛長屋は奇妙なほど静かで、小籐次が立てた風車も鈴もじいっとして動いた風はなかった。

第三章　森藩の窮地

一

翌日のことだ。

京屋喜平の残していた研ぎ仕事を久慈屋の店先の研ぎ場で終えた小籐次は、菅笠を被って強い陽射しを避け、芝田町の通りをひたすら南に向った。

豊後森藩久留島家の江戸藩邸を訪ねようとしていたのだ。藩邸の上屋敷は、芝浜沿いの道と日本橋からきた東海道が交わる三叉にあって、

「元札之辻」

と里人に呼ばれていた場所にあった。いまも高札場《こうさつば》があるからだ。

森藩一万二千五百石の江戸藩邸は四千二百坪、東海道に面した間口は狭く、奥

に向って三角に奇妙なかたちで広がった敷地で、その一部は西側で聖坂《ひじりざか》に接していた。

　小籐次にとって馴染みのある屋敷ではなかった。代々赤目家は、芝二本榎大和横丁にある下屋敷の厩番《うまやばん》であったからだ。むろん幾たびか使いに出向かされたが、大概は門外で待たされることが多かった。小籐次には苦い思い出のある江戸藩邸でもあった。

　ある日、使いに立たされた小籐次は、主不在のために半日ほど台所で待たされることになった。

　小籐次は三十二歳の折で、先代藩主の通同《みちとも》の時代だった。

　夕刻になって当てもなく待つ小籐次を気の毒に思った女中が、酒を出してくれた。迷ったが、元来が酒好き、ちょっとばかりならばよかろうと口にした。

　通同が帰邸して書状の返信を差し出したとき、小籐次の酒に気付いた者がいた。江戸家老の磯村主馬《しゅめ》だ。

「おのれ、使いに来おって酒を酔い喰らっておるな！」

　と怒声を張り上げ、

「藩一丸となって節約に努めておるときに下郎の分際で盗み酒をしおったか、許せぬ。そこに直れ、成敗してくれん！」

と激昂する磯村に通同が、

「主馬、待ちくたびれてつい一口飲んだのであろう。許して遣わせ」

と憤る江戸家老を宥《なだ》めて、命を救われた経緯があった。

このとき、先代藩主から受けた恩義が、江戸じゅうを騒がす「御鑓拝借」騒ぎにつながっていくのだ。


小籐次は、藩邸の前に立つと門番に訪《おとな》いを告げた。すると門番が、

「用人から聞いておる。ほほう、そなたが江戸で名高い酔いどれ小籐次どのか」

と興味深げにじろじろと見た。決して敬愛に満ちたものではなく、珍奇な生物《いきもの》でも見るような眼差しであった。それでも、

「暫時待たれよ」

と言い、奥へと小籐次の来訪を告げた。

陽射しの中、立っていると芝浜の近いせいで潮の香りが漂ってきた。だが、それは涼を呼ぶよりは、暑さを増す働きしかしなかった。

通用口が開き、

「入《はい》らっしゃい」

と門番の声が掛かり、ご免、と応じた小籐次は菅笠を脱ぐと門を潜った。すると見知らぬ若侍が立って、

「ご足労にござった。案内《あない》仕《つかまつ》る」

と先に立った。涼やかな眼差しの若侍は、

「庭を回って参ります」

と小籐次に断わり、なんとなく覚えのある庭を回り込んで奥に向うと、武道場のような建物に連れていかれた。

この辺りは小籐次には全く記憶がない。道場から稽古をしているような気配もしたが、張りつめた空気は感じられなかった。

「武道場にござるか」

「赤目様には覚えがございませぬか」

「それがし、当家に奉公していた折、下屋敷の下士にござれば、とんと上屋敷の奥には縁がございませんでした」

頷いた若侍が、

「それがし、近習《きんじゅ》池端恭之助にございます。以後お見知りおきくだされ」

と丁寧に挨拶した。

齢は二十歳前後か。江戸藩邸育ちだろう、爽やかな口調の若侍で、豊後国で育った土臭さは感じられなかった。

「赤目小籐次にござる」

「赤目様のことは森藩の数少ない誇りにございます」

「それがしが辞仕して早六年が過ぎ申した。江戸屋敷にかような爺に関心を持たれる家臣がおられるとは驚きにござる」

「赤目小籐次様は、森藩の伝説にございます」

池端が褒め言葉を繰り返した。その表情にはなんの衒《てら》いもなく本心を述べている感じがした。

「されどさようにお考えになるお方ばかりではござるまい」

池端が素直にも頷くと、

「殿は、赤目小籐次様のことをただ今も家臣のように思うておられます」

といい足し、

「ささ、こちらから」

道場の玄関から小籐次を招じ上げた。

「殿がこちらにおられますので」

「ただ今参られます」

小籐次は、次直を腰から抜くと菅笠といっしょに右手に持ち、草履を脱いで道場の外廊下に上がった。一礼し、道場に通った。

初めて見る森藩江戸藩邸の道場は、板張りで八十畳か、正面に見所《けんじょ》があったが無人であった。

道場では十数人の家来を相手に、壮年の剣術指南が何事か小言を言っていた。ようやく後頭部で髷《まげ》が結える程度の禿頭の大男だった。

小籐次には覚えがない。

小言を聞く面々には、うんざりした様子があった。師弟の間に尊敬の情などなにもない。

「猪熊様、赤目小籐次様をお連れ申しました」

池端の言葉に大男の猪熊が振り返り、小言を聞いていた家来たちが興味津々に小籐次を見て、

（なんだ、ただの爺ではないか）

という顔をする者もいた。

「赤目小籐次とはそのほうか。意外にも小さく齢もとっておるな、恭之助、まさか人違いをしておるのではあるまいな」

「いえ、猪熊大五郎様、赤目小籐次様に間違いございませぬ」

池端の言葉に、ふーん、と鼻で返事をした猪熊が、

「殿はなに用でおいぼれ爺を呼ばれたのだ」

と糾した。

「存じませぬ」

池端が答えたとき、殿のお成りと小姓の甲高い声がして、一同が道場の端に寄り座した。

小籐次も池端といっしょに道場の出口付近で正座した。

通嘉《みちひろ》が見所に姿を見せて小籐次の姿を探し、出口近くの二人に気付き、

「小籐次、久しぶりじゃのう。恭之助、こちらに小籐次を連れて参れ」

と命じた。

二人は通嘉の命に従い、見所下に寄り、姿勢を正して座すと、

「通嘉様、お久しゅうございます。ご健勝のことと拝見致し、赤目小籐次、悦ばしゅうございます」

「悦ばしいじゃと、さような甘言をいつ身に着けたな。予の呼出しにはなかなか応じぬほど多忙か、赤目」

「浪々の身では生計《たつき》を立てることで精いっぱいにございまして、ただただ忙しゅう働いております」

「こんどは虚言を弄するか。そなたの傍には紙問屋の久慈屋が付いており、御三家水戸様とも陸奥の雄藩伊達様とも付き合いがあるというではないか。久留島家のような小藩とはもはや付き合いとうはないか」

「通嘉様、身過ぎ世過ぎにございます、付き合いの相手など選べませぬ。どのようなお方とも声が掛かれば出向かざるを得ませぬ。されど森藩は、代々赤目の家が世話になってきた奉公筋、なによりも大事に思うております」

「ますますそなた口が上手になりおったな」

通嘉が小籐次を相手に饒舌に話すのを池端ら家臣たちが驚きの眼で見ていた。

参勤上番にて豊後国森城下から江戸に出てくる道中、通嘉の機嫌は著しく悪かった。口を利くなど滅多になく、鬱々とした顔で駕籠に乗っていた。

「通嘉様、して御用とはいかがにございますか」

「おお、それか。じゃがな、あとで赤目と二人の折に話す。その前にちと汗を流さぬか」

と通嘉がいい出した。

「汗を掻けとはどのようなことでございましょう」

小籐次の反問に頷いた通嘉が、

「猪熊大五郎、こたび森城下より連れて参った家来の筋はどうか。国許の選りすぐりを連れてきたのじゃがな」

「殿、忌憚のう申し上げてようございますか」

「許す」

「この一月、それがしが懇切丁寧に指導致しましたが、在所流の剣術の錆垢《さびあか》は、なかなか落ち難く、箸にも棒にもかかりませぬ。とにもかくにも筋は悪うございます」

猪熊大五郎が答えた。その言葉に十数人いた家来たちから不満の声が洩れた。だが、言葉として訴えることはだれもがしなかった。

「なに、使いものにならぬと申すか」

「いえ、それがしの指導の下で一、二年の研鑽を積めばいくらか変わりましょう。それがしが江戸の流儀を教え込み、一人前の森藩家臣にしてご覧に入れます」

「いささか刻が掛かり過ぎぬか」

と通嘉が不満を洩らし、

「赤目小籐次、そなた、あの者たちの腕を試してくれぬか」

といい出した。

「あいや、殿。森藩江戸藩邸の剣術指南は、鹿嶋夢想流の皆伝会得者の猪熊大五郎にございます。いったん手がけた者たちは最後まで指導仕りたく存じます。余《よ》所《そ》者があれこれと口を出すのは差し支えがございます」

と断わった。大した自信だった。

「猪熊、そなたの腕がどうこう申しておるのではない。赤目が参っておるゆえ、命じておるのだ」

通嘉が小籐次に命じた。

「これは困った」

と洩らす小籐次に池端が唆《そそのか》すように囁いた。

「殿のお言葉にございます。赤目様、お願い申します」

「よいのか」

「森藩の主はご一人《いちにん》にございます」

とまで池端にいわれた小籐次が立ち上がった。

「殿、一つお願いの儀がございます」

「なんじゃ、猪熊」

「それがし、赤目小籐次の腕を知りませぬ。下屋敷の厩番風情の成り上がりに江戸じゅうが騙されておるのでございますぞ。もはや赤目小籐次は、当家とは関わりなき衆生《しゅじょう》、それがしとの立ち合いの上、あの者どもの扱いをお考え下され、ようございましょうな」

猪熊が通嘉に向って押し付けがましく言い張った。

「どうだな、赤目」

「殿の命とあらば」

小籐次は傍らの池端に、

「竹刀をお貸し下され」

と願った。すると、

「竹刀など初心者が使う道具じゃ、木刀で参られよ」

と猪熊が言い放った。

池端が、どうしますか、という顔で小籐次を見上げた。

「木刀をお借りする」

小籐次の言葉に池端恭之助が壁に歩み寄り、一本の木刀を無造作に選んで小籐次に差し出した。

「それがしの木刀にござれば、いかようにもお使い下され」

「そなたの木刀とな」

小籐次は、全長三尺三寸余の使い込んだ木刀を片手にして二度、三度素振りした。

「森藩江戸藩邸の厄介の一つが猪熊大五郎どのにござる。最近、どなた様の後ろ盾をよいことに増長しておられます。存分にお立ち合いのほどを願います」

と囁いた。

小籐次は、旧藩に新たな内紛が生じており、それにいきなり巻き込まれたことを自覚させせられた。

「迷惑千万かな」

池端に言い残した小籐次は、すでに道場の真ん中で枇杷《びわ》材の太く長い木刀を振り回す猪熊の前に、ちょこちょこと歩み寄った。

背丈で一尺、目方で小籐次の三倍はありそうな大男に、

「お待たせ申したか」

と話し掛けながら、間合い一間半で歩みを止めた。

「赤目小籐次、流儀はいかに」

「亡き父が伝授してくれた剣術にござってな、剣術界に知られた流儀ではござらぬ。そなたが最前申された在所流にござる」

「見て遣わす」

猪熊大五郎が長大にして太い枇杷材の木刀を右肩の前に立てた。

八双の構えだ。

まるで五尺そこその小籐次を威圧し、押し潰さんばかりの圧倒的な構えだった。

「おうおう、なかなかの虚仮《こけ》おどし剣法かな」

小籐次が独り言を洩らした。

「おのれ、厩番の分際でそれがしの鹿嶋夢想流を虚仮おどしと抜かしおったか」

「これはしたり、独り言でござってな。聞き流しあれ」

「許さぬ」

八双の構えのままに踏み込んできた猪熊の木刀が雪崩《なだ》れ落ちる勢いで小籐次の

小柄な体に振り下ろされた。

ぶうーん

と木刀が風鳴りを響かせ、小籐次を押し潰さんとしたとき、小籐次が、

ふわり

と木刀の下へ身を入れ、片手の木刀を、船頭が石垣を突いて舟を流れに乗せるように大きな体の真ん中、鳩尾《みぞおち》の前に差し出した。そこへ巨漢が飛び込んできて、木刀の先を受け、

うっ

と息を詰まらせた感じで、後ろへと数間飛ばされて床に叩きつけられ悶絶した。

「これはしたり、それがし、なにもしておらぬがのう」

小籐次の言葉が長閑《のどか》に道場に洩れた。

「小籐次、剣術は体の大小ではないようだな」

通嘉が満足げに言った。

「いえ、そうとばかりはいえませぬ。ただ今のは立ち合い以前の話にございます」

と答えた小籐次が、

「どなたか、猪熊どのを井戸端に運んで下され」

と願った。すると、通嘉の参勤上番に従ってきたという面々が、

「赤目様、井戸端に運んでどうしたもんやろか」

と豊後訛りで糾した。

「日陰に運んで下されば、そのうち気を取り戻されよう。そなたらは、直ぐに道場に立ち戻りなされ。殿の命で、そなたらの筋を確かめる役目をそれがし、仰せ付かったでな」

若い侍らが四人がかりで、道場から猪熊大五郎の体を運び出した。

残った面々は木刀を手にしていたが、小籐次は竹刀に替えさせた。

「さあて、そなたら、剣術指南どのの見立てによると筋が悪いそうな。そのな、悪い筋とやらをこの赤目小籐次に見せて下され。うん、そうじゃ、二組に分かれてな、森城下で稽古していたように立ち合いを見せてくれぬか」

「われらが流儀でよかですか」

面々の中でも最年長と思える者が小籐次に念を押した。

「よい。ただし気を抜いてはならぬ。殿のご面前である。なんぞ異変が生じたときに殿をお守りする覚悟で立ち合いなされ。先に打たれたとしても負けではない。

竹刀を手放したとき、倒れて立ち上がれぬときに、勝敗は決したものとする。勝ち残った者は次の相手を探すのじゃ。二人がかりで一人を狙ってもかまわぬ」

八人が二手に分かれ、打合いを始めた。

最前まで萎縮していたような覇気《はき》のなさが失せ、代わりに自由闊達な打合いが展開されていた。

猪熊を井戸端に置いてきた四人が道場に戻り、

「おお、打合いか、よかよか」

と打合いの中に加わった。

四半刻後、二人だけが勝ち残って立っていた。

「そなたの名は」

小籐次が一人に尋ねた。

「徒士組《かちぐみ》七石二人扶持創玄《そうげん》一郎太、二十三歳にございます」

と聞かれもしていないのに身分まで名乗った。

「それがし、同じく徒士組田淵代五郎《よごろう》、二十二にござる」

「なかなかの筋ではないか。殿、さすがにどなたも選りすぐりの面々にございますぞ」

と小籐次が視線を通嘉に向けて告げると、

「で、あろうが」

と得心したように笑った。

二

豊後国森藩八代目藩主久留島通嘉と赤目小籐次は、奥庭にある東屋《あずまや》で改めて二人だけで対面した。二人の近くに控えるのは、近習の池端恭之助だけだ。

小籐次の前には、酒が供されてあった。菜は、城下で採れた筍《たけのこ》の味噌漬けだ。通嘉の好物であった。

通嘉は、天明五年の生まれゆえ三十九歳の男盛りだった。一男四女の子宝に恵まれ、文化八年に生まれた一子の通容《みちかた》が、継嗣として将軍家斉《いえなり》との対面をすでに済ましていた。

一万二千五百石の小藩として貧しくはあったが、大きな障害はないように思えた。

森藩の石高は元来一万四千石であった。だが、三代目藩主通清《みちきよ》の代に弟二人に千五百石を分地したゆえ、一万二千五百石に減じていたのだ。

東屋で対面した通嘉は、小籐次の暮らしぶりなどを尋ねるばかりで、小籐次を呼び出した用件を口にしようとはしなかった。

東屋に来て半刻が過ぎ、小籐次は通嘉に勧められるままに盃に口を付けたが、喉を潤した程度に留めた。

「赤目、酒が進まぬがうちの酒は不味《まず》いか。そなたの周りには水戸様、伊達公、老中の青山忠裕《ただやす》様とお歴々がおられるで、森の酒など飲めぬか」

「殿、さようなことは努々考えたこともございません。殿の御用をお聞きせぬうちは、酒の味も分りませぬ。殿、どうか胸中に秘められた不安をこの小籐次にお明かし下されませ。そのためにお呼び出しなされたのでございましょう」

と小籐次のほうから願った。

通嘉の視線が、話の聞こえぬほどに離れて控える池端に向けられた。

下がれ、と命じるのかと思ったが、池端が通嘉の眼差しを受けてこっくりと頷いた。ということは、二人の間には密接な信頼関係があり、近習の池端恭之助は通嘉の悩みを承知しているということではないか。

「殿、池端どのが殿のお悩みを承知なれば、この場に呼ばれませぬか。そのほうが話は早うございましょう」

小篠次が勧め、通嘉が池端恭之助を呼び寄せた。

「さあて、殿、これでお話を聞くことができますな」

しばし通嘉は沈黙して間を置いた。

「赤目小籐次、そなたは予の屈辱を雪《すす》ぐために御鑓拝借騒動を起こし、予に恥を搔かせた四家の大名行列の御鑓を切り落としたことがあったな」

「昔話にございます」

「いや、わずか六年前のことじゃ」

「それがしには遠い記憶にございます」

と答えた小籐次が、

「まさか、御鑓拝借騒ぎの相手の四家から難題が降りかかったということではございますまいな」

ございません、と池端恭之助が通嘉に代わって答えた。

「そなた、殿の不安を承知じゃな」

池端が頷いた。

「ならば、そなたの口から話せ」

と小籐次が命じた。

通嘉は決して話し上手ではなかったからだ。

「赤目様、まずそれがしの出自を申し上げてようございますか」

池端が小籐次に断わり、小籐次は頷いた。

「それがし、三代藩主通清様の代に分家を許された一家久留島通方の血筋にございます。わが父の代に三男のそれがしは、江戸藩邸定府《じょうふ》の用人池端家に養子に出され、そののち、池端家百三十石を継ぎ、通嘉様の近習を勤めております。昨年、初めて殿に従い、豊後国森城下に戻りましてございます」

池端用人の名に小籐次も覚えがあった。

恭之助は、小籐次が推測したように江戸藩邸生まれ、江戸育ちの家臣であった。

「赤目様も森藩に仕官のみぎり、下屋敷で生まれ育たれまして、国許はご存じございませんな」

「知らぬ」

「それがし、国許に参り、藩のことを一切知らなかったことを恥じ入りました。江戸と森とは、暮らしぶりも活気も違いました」

池端恭之助の言葉に小籐次は黙って頷いた。

「赤目様、森藩を支えるものがなにかご存じにございますか」

と問われた小籐次は、首を横に振り、

「恥ずかしながらさようなことすら考えたことはなかった」

と答えていた。

「領地の大半が山間《やまあい》にございますゆえ、田畑を耕すのは厳しい環境にございます。ゆえに米、雑穀などもあまり取れませぬ。山から採れる椎茸《しいたけ》などがいくらかあるくらいです」

「亡父より海には接しておらぬと聞いた。さようか、魚介なども恵まれぬか」

「森藩にとって幸運は、別府湾に面した速見郡《はやみごおり》の頭成《かしらなり》が飛び地としてあることです。参勤交代も、頭成湊より摂津大坂へ船旅で向うことになります。ささやかですが、山国の領地に頭成から海の恵みがもたらされます」

「さような地が森藩領地か」

「赤目小籐次、城を建てることなどできようか」

と通嘉が無念げに洩らした。

通嘉が城中詰めの間で同座の四家の大名に、

「城なし大名」

と謗《そし》られたのが、小籐次の御鑓拝借騒ぎに繋がっていった。だが、池端恭之助から聞かされるほど過酷とは小籐次も夢想もしなかった。

「さような森藩にも特筆すべき特産物がございます」

「ほう、それはなにか」

「これより百六十年ほど前、明暦の頃に豊後明礬《みょうばん》の生産が始まりまして、和明礬としてはいちばんの品質を誇り、諸国に売られてきました」

「明礬とな」

小籐次には想像もしなかった物産で、どのようなものかさえ想像も付かなかった。

領内で発見された明礬石は、三方晶系の塊状、葉片状などで、これを採掘して熱すると結晶水が飛んで白色無定形の粉末、焼明礬となった。これらは、媒染剤、収斂剤、製革、製紙など広い用途に使われた。

「赤目様、この明礬は生産の方法によって量が一定しませぬ。ために藩に入る金《きん》子《す》もその年によって異なります。二年前、領内豊前宇《う》佐郡《さごおり》の幕府領で一揆が起こり、森藩に鎮圧のために出兵が命じられ、ふだん以上の費えとなりました。殿は家臣に上米《あげまい》制令を発せられ、なんとか切り抜けられました」

上米とは、定められた禄高から何分かを差し引いて家臣に渡し、その分を藩庫に組み入れることだ。

森藩は、家老職ですら四百石と三百石だ。下士にいたっては、七石二人扶持から一割五分を引かれると、もはや生計が成り立たないほどだ。

小籐次は、池端恭之助に話を聞かされて、江戸下屋敷で内職仕事が家臣のふだんの仕事であったことの意味をようやく得心させられた。

「殿は、椿の藩専売を命じられましたが、藩財政が急激に逼迫して、お労《いたわ》しいことに参勤上府の金子がままならないことがこの数年続いておりました。そこで参勤のたびに城下の明礬を扱う豊前屋儀左衛門より借財をなし、費えを捻出してこられたのでございます」

「殿がさようにもご苦労なさっておられるとは、赤目小籐次、知らなんだ」

と思わず小籐次が呻《うめ》くように呟いた。

だが、未だ通嘉の用件は推測がつかなかった。

「豊前屋は、小笠原家の小倉《こくら》藩城下にて手広く商いをなす廻船問屋の門司《もじ》屋の番頭だった男とか、この者の父親が森藩に店を開いて日田《ひた》の材木を扱い、一大の財をなしたとか。倅の儀左衛門は、いささか正体の知れぬ人柄と見ました。されど国家老の嶋内主石《しゅせき》様は、豊前屋に全面的な信頼を寄せて、藩の特産物である明礬の運上を任せようとされておられます」

運上とは経営の意だ。つまり藩の唯一の特産の明礬を一商人に譲り渡そうというのだ。

「これまで借りた参勤交代の費えの代わりに明礬の運上を任せるというのだな」

「さようでございます」

「藩にいくらか運上の利が入るのか」

「権利を渡したわけではございません。されど豊前屋に借りがありますので、まず明礬の運上利益はそちらに充当されて、借財が済んだのちに利益の二割が藩庫に入る仕組みです」

「それでは豊前屋に明礬の所有と運上を譲り渡したも同然ではないか」

森藩久留島家が苦境に落ちたことは小籐次にも察しがついた。

「小籐次、明礬の運上をいったん商人に渡してみよ。もはや森藩にはなんの取り柄もなくなろうぞ」

「はあ」

と小籐次は畏まった。

通嘉の悩みは分ったが未だ用件の察しが出来なかった。

「こたびの参勤上府に新たに五百両を豊前屋儀左衛門から借りざるを得なかったのでございます、赤目様」

「豊前屋に藩の首根っこを摑まれたも同然ではないか」

小籐次の問いに池端恭之助が首を縦に振った。

「もはや明礬の権利は事実上豊前屋の手に移っておる。ためにこたびの五百両の借財には新たな担保《かた》が要るというのでございます、赤目様」

「藩にさような余裕があるのか」

「ございません。ところが豊前屋儀左衛門は、森藩久留島家に今一つ、どなたもが羨《うらや》むものがある。そのものの身柄を担保に五百金を用意しましょうと言い出したのでございます」

「ほう、そのものの身柄とはなんだな」

「そなた様、天下に名高き赤目小籐次様でございます」

「池端とやら、それがし、御鑓拝借の折、森藩久留島家を辞しておる。もはや森藩の家臣ではござらぬ。そのような者の身柄で五百両など借り受けることができようか」

と応じた小籐次に、通嘉が、

「赤目小籐次、相すまぬ」

と詫びの言葉をなし、顔を伏せた。

「殿、どういうことにございますか」

「豊前屋のあまりの強欲な言葉にな、つい虚言を弄してしもうたのだ」

「虚言とはなんでございますか」

「一見、藩の外に出ておるのは偽り、未だ赤目小籐次は久留島家の臣と答えざるを得なかったのだ、許せ。参勤上府の金策がつかんでは幕府に申し開きが立たぬ。それでつい、そのほうの名を出してしもうたのだ」

「殿、それがしの名を豊前屋に五百両で売り渡されたと申されますか」

通嘉が小籐次の詰問に眼を伏せた。

小籐次が池端恭之助を見た。

「それがしにどうせよというのだ」

「豊前屋儀左衛門は、赤目小籐次様の武名を小倉藩小笠原家に買うてもらう心積りのようで、ただ今江戸へ出てきております」

「小笠原家は、譜代大名なれど武名で聞こえた大名家である。かような馬鹿げた話には与《くみ》されまい。お断わりになるに決まっておろう」

「それがそうではないのでございます」

「なにっ」

「小倉藩にも事情があるようでございます。二十数年前まで勝手方引請家老の犬《いぬ》甘兵庫知寛《かいひょうごともひろ》様が藩政を牛耳っておいででしたが、享和三年に失脚し、蟄居《ちっきょ》入牢を命じられました。そののちも藩内を二分する抗争は続き、文化十一年には藩士方三百六十余人が隣藩福岡領の黒崎に脱国する騒ぎも起こりました。ただ今の江戸家老渋谷恒義《つねよし》様は、赤目様の腕と武名を小倉藩内の抗争鎮圧に役立てようと考えておられるとか」

「放っておかれよ、池端どの」

「それがそうもいかぬのじゃ」

弱々しく通嘉が洩らした。

「なぜでございますか」

「豊前屋は、わが藩の唯一の特産物の明礬の権利を小倉藩に譲渡し、小倉城下に商いの拠点を移し、御用達商人になる肚積りにございますそうな」

と池端が通嘉の言葉を補った。

「赤目、そうなれば森藩は潰れよう。家中千二百五十余人が路頭に迷うことになる」

「なんともはや」

と小籐次は溜息を吐いた。

知恵などすぐに浮かばなかった。

(どうしたものか)

「豊前屋なる商人、それがしにどうせよというのだ」

「近々、神田橋内にある上屋敷に赤目小籐次様を召し連れて、小笠原家中に披露したき心積りにございます」

「勝手を抜かしおって」

小籐次は、小笠原家は石高十五万石であったなと思った。譜代大名にも弱点はあると思った。幕府の要職にはなかなか就けない弱みがあった。

「ただ今の藩主はおいくつになられる」

「小笠原忠固《ただかた》様は、明和七年のご誕生ゆえ、五十四歳かと思います」

池端恭之助は、他家の藩主の生年と年齢をたちどころに答えていた。

「分別盛りではないか」

「ただ周りが」

と池端が言い淀んだ。

「通嘉様、およその事情は分りました」

「森藩を、この通嘉を助けてくれるな」

「いささか思案の日にちが要りまする」

小籐次は、東屋から立ち上がった。

「赤目、ゆっくりしていかぬのか」

「この一件、即座に対応したほうが宜しゅうござろう。池端どの、ご門まで案内してくれぬか。かような奥まで通ったことがないでな、帰り道が分らぬ」

と願った小籐次は、通嘉に、

「この一件が晴れて目途が立つ折まで、酒はお預けさせていただきます」

と言い残して東屋を出た。

小籐次は泉水の端に差し掛かったとき、

「池端恭之助、そのほう、通嘉様の前で告げなかったことがあろう。申せ」

「はあ」

「そなたは明晰な仁と見た。通嘉様が初めて国許に同行を命じ、わずか一度だけで国許の内情を把握したほどの頭の持ち主だ。豊前屋儀左衛門一人で藩特産の明礬を担保に金子を貸した切っ掛けには、藩内で意を通じた人物がいよう。国家老嶋内主石が豊前屋と結託しておる悪か」

「さすがは酔いどれ小籐次様、たちまち森藩内に巣食う悪人どもを見通しておられます。それがし、感服仕りました」

「池端、明晰と小賢《こざか》しさは紙一重ぞ。注意いたせ」

「はっ、胆に銘じます」

「さて、その方、道場にて通嘉様とそれがしを最初に合わせたには、なんぞ込められた考えがあろう。剣術指南どのの役割はなんじゃ」

「猪熊大五郎は、嶋内主石が江戸藩邸《そ》に放った豊前屋一派でございます。江戸家老の長野正兵衛様は国家老嶋内様と反りが合いませぬ。それがしが森城下におるときに家臣たちと交流を持ち、忠義心の厚い家臣十二人を江戸へ随行するように殿に願いました」

「道場で猪熊に稽古を付けられておった者どもか」

「はい」

「そのほう、若い割にはあれこれと策を巡らせおるな。あの十二人を通嘉様の御番衆に育てる算段か」

「江戸に戻ってみると、参勤上番とは別行して先行した猪熊大五郎が剣術指南の役目に就いておりました。それまで当家には剣術指南など役職としてなかったのでございます」

「そなた、創玄一郎太、田淵代五郎ら十二人に、正体を直ぐには見せぬように無能にもだらだらとした稽古をしばらく続けよと命じたか」

「さすがは酔いどれ様、すべてお見通しでございますな」

「さような軽々とした言葉をそれがしの前で使うでない」

はっ、と心得た池端恭之助が、

「赤目様、なんぞ手がございませぬか」

「そう直ぐに考えなど浮かぶものか」

「となれば、赤目小籐次様は小倉藩小笠原家に仕官することになりますぞ」

「こんどは脅しか」

「赤目様を脅すなどと滅相もございません」

「二、三日、考える。そなたに使いを頼むやも知れぬ」

「畏まりました」

と応じた池端が、

「もはや赤目様は猪熊大五郎の腕前など承知にございましょうが、あの者、巨体の割には姑息な考えの持ち主、用心下され」

「そなた、流儀はなにか」

「それがし、剣術指南もおらぬ森藩江戸藩邸育ち、剣術はいたって不器用にございます」

小籐次は横目で池端恭之助を睨んで、

「そう聞いておこうか」

と呟いた。

三

小籐次はその帰路、丹波篠山《ささやま》藩藩主にして老中青山忠裕の江戸藩邸に立ち寄って老中直属の密偵中田新八、おしんと面会し、半刻ほど話し合って芝口橋の久慈屋に戻った。

夕暮れ前の刻限になり、橋の往来は仕事帰りの者が多かった。

橋の上にはめずらしく放生《ほうじょう》の小亀を盥《たらい》に入れて売る女がいた。この界隈では見かけぬ若い嫁風の立派ななりで、顔立ちも整っていた。陽射しを避けるために姉様かぶりをしていたが、うっすらと汗を浮かばせていた。

「この界隈では見かけぬ顔じゃな」

小籐次の問いかけに女が顔を上げ、

「四谷御門外から参りました」

と答えた。

盥には五匹ほどの亀が遊んでいた。小籐次は一朱を差し出し、

「この銭に見合う亀を放してくれぬか」

「ありがとうございます。そろそろ仕舞いにしようと考えていたところです。すべて川に流します」

「ならばそれがしが流そうか」

小籐次は浅く水を張られた盥を抱えるためにしゃがんだとき、女の体から芳しい香の匂いが漂ってきたのに気付いた。そのことに気付かぬ振りをして欄干の上から御堀の、この界隈の人が汐留川と呼ぶ流れに生物を放った。

虚空で小さな手足をばたつかせた亀が流れに落ちて泳ぎ始めた。

小籐次は空になった盥と一朱を女に渡し、

「放生が商いとも思えぬ。慈悲をなさるにはわけがあろう。家人のどなたか病で悩んでおられるか」

「姑が季節の変わり目ごと喘息に悩まされております。そこで姑様になんぞ私が願かけでもしましょうかと相談しますと、芝の新橋の上から亀を放生してくれといいます。皆さんからの慈悲のお金は、帰り道日吉山王大権現に寄進して参ります」

「なに、姑様が芝の新橋と指定なされたか。なんぞこの橋に所縁《ゆかり》があった姑御かのう」

「夢で東海道筋の新橋がよいとお告げがあったと申しますゆえ、遠出して参りました」

「ご苦労であったな」

小籐次は労《ねぎら》いの言葉をかけると久慈屋に向った。

久慈屋ではそろそろ店仕舞いの刻限で、国三が研ぎ場を片付けていた。

「国三さんや、わしの片付けまでさせて悪かったな」

「いえ、なんのことはありません」

久慈屋の店では仕入れにきた小売店の番頭に、若旦那の浩介が応対していた。

大番頭の観右衛門が、

「いいことを為されましたな」

小籐次が放生の女と話していたのを見ていたらしくそう言った。

「四谷御門外から来たというておった。それがしが出かける折は見かけなかったがな」

小籐次は橋の上を振り返った。女の姿はすでに消えていた。

「ええ、赤目様が橋を渡られたすぐ後に橋の上に立たれたのでございますよ。放生の亀を放つ人が六、七人もおられたでしょうかな、残った亀はうちでと思うておりましたが、赤目様に先を越されました」

観右衛門が微笑んだ。

「大店《おおだな》の若嫁と見た。喘息に悩む姑のために放生を考えたそうな。あの橋は、姑の夢のお告げに応えてのことじゃそうな」

「召し物も長屋住いの女ではございませんな。赤目様が申されるとおり名の通った大店の嫁かも知れませぬな」

観右衛門が答えたとき、やっぱりこちらかえ、と言いながら読売屋の空蔵が姿を見せた。額に汗が光って真っ赤な顔をしていた。

「空蔵さんか、なんぞ新兵衛さんのことで反応があったかのう」

「それですよ。こたびほどなんの反響もない読売はわっしも覚えがない。いえね、読売の評判は悪くない。なにしろ酔いどれネタですからね、よく売れた。それでいて、どこからもなんの知らせもうちに届かないのが気持ち悪いくらい不思議なんだ」

「新兵衛さんの一件は、人がやったことじゃないからね。神隠しとなると人智を超えてお手上げですよ」

「大番頭さん、それにしてもね」

　と答えた空蔵が、

「明日にも追いかけのネタを載せてみます。小ネタですがね」

　と鼻をうごめかした。

「なに、新兵衛さん探しの話をまた書いてくれるのか」

「新兵衛長屋を訪ねたら赤目様は留守でさ、勝五郎さんが仕事はないかというしけた顔をして庭先に立っているじゃありませんか。見れば傍らの梅の木の脇に立てた風車には、鈴がぶらさがっている。事情を聞いたら赤目様の仕業という答えでね、即興で読売を一本仕立てて勝五郎さんに彫らせていますのさ」

「ああ、あれか。神隠しに抗して、こちらは神頼みの考えじゃが効き目はないようだな」

「そこで、酔いどれ小籐次もお手上げって図をね、読売に仕立てましたさ。だけど、こちらも効き目はないと見たほうがいい」

新兵衛は忽然《こつぜん》と長屋の敷地から消えて、手がかりは何一つなしだ。

「赤目様、なんぞ大きなネタはないかね。夏枯れでさ、ここいらあたりで大売りをものにしないと夏が乗りきれないよ」

「そなたのためにこちらも生きておるのではない。そうそう都合のよい話が転がっているものか」

小籐次は、赤目小籐次の身柄を豊前小倉藩が欲しがっているという話なぞ、空蔵が飛び付きそうじゃがと思いながら、おくびにも出さなかった。

「空蔵さん、芝口橋の放生亀の話はどうですね」

観右衛門が小籐次の好意を告げた。

「ほお、若い女と酔いどれ様ね。美形だったか、赤目様」

「見目麗しい若嫁様であったな。麝香《じゃこう》かのう、香まで体に焚《た》き染《し》めているのは富裕なお店の嫁であろう」

「どこのだれだえ」

空蔵が身を乗り出してきた。

「知らぬな」

「なに、身許を聞いてもいないのか。それじゃ、話にもなにもならないじゃないか」

「なんでも仕事のネタにしようという魂胆がいかぬ。わしはこれから長屋に戻り、仕舞い湯に参るでな、そなたの付き合いをしておられぬ」

小籐次はちょうど客の応対が終わった浩介と観右衛門らに辞去の挨拶をして、久慈屋の船着場に下りていった。

国三が小舟に小籐次の道具を載せ終えたところだった。

「助かった。これから長屋に戻り、仕舞い湯に参ろうと思う」

「本日も暑うございましたゆえ、体じゅうがべとべとです」

と国三も笑った。

小籐次は、小舟に乗り、国三が舫い綱を解いてくれた。

棹を差し、流れに出したとき、小舟の傍らを二匹の小亀が泳いでいるのが河岸道の常夜灯の灯りに見えた。放生の亀であろうか。

小籐次の脳裏に姑のために放生を為した若い嫁の白い顔が浮かんだ。

新兵衛長屋では、お麻が堀留の水を長柄杓で汲み、何本かある庭木にかけていた。

久慈屋の家作の新兵衛長屋は、どこの裏長屋よりも敷地がゆったりとして柳、梅、桜、椿などの木が茂って住人が交替で手入れしたり、水やりしたりしていた。

「お帰りなさい、赤目様」

お麻が小籐次を迎える声は幾分元気が戻っていた。新兵衛のことを思い出すまいと考えた気配があった。

「お麻さん、これから仕舞い湯に参ろうと思うが、駿太郎はどうしておる」

「駿ちゃんはうちの人と湯に行きましたよ。夕餉はうちで食べてもらいます」

すまぬ、夕餉のことまで頭が回らなかった、と小籐次はお麻に詫び、

「ならば、それがしも湯が落とされぬうちに加賀湯に駆け付けよう」

小籐次は、小舟から道具を石垣の上の敷地に上げ、急いで長屋に入れた。腰の次直を抜くと隠し棚に仕舞った。町内の湯屋に行くのだ、脇差だけにして身軽に

なろうと考えた。隠し棚には孫六兼元《まごろくかねもと》がかけられてあった。次直をその下にかけ、壁板をはめ込んだとき、勝五郎の鑿音が壁の向うから聞こえてきた。

「勝五郎さんや、精が出るのう」

「ほら蔵さんが読売ネタを拵《こしら》えてくれたんだよ」

「庭の願かけがネタじゃやそうな、大した読売にはなるまい」

「なんだ、ほら蔵と会ったのか」

「久慈屋でな、それがし、これより湯屋に駆け付ける。そなたはこのまま仕事を続ける気か」

「急ぎ仕事じゃねえや、それに目途は立った。おれも湯に入りたい。いっしょに行かねえか」

「ならば急ぎなされ。仕舞い湯に間に合わぬぞ」

おう、と声がしてばたばたと湯に行く仕度の音がした。

四半刻後、小籐次と勝五郎は町内の湯屋の湯船につかって、長々と足を延ばしていた。二人が飛び込んだときには、結構客がいたが、番台のおかみさんが、

「新兵衛長屋の酔いどれ様と勝五郎さんが本日の仕舞い客だわ、もう暖簾《のれん》を下ろ

すから、ゆっくりと浸かって汗を流して」

と迎えてくれたのだ。桂三郎と駿太郎はもはや長屋に戻ったという。途中で行き違ったか。

「ふうっ、生き返った」

「生き返ったな」

「酔いどれ様は一日久慈屋で仕事か」

「そうではない。旧藩に呼ばれてな、殿に久しぶりにお目にかかった」

「まさか厄介事を仰せつかったってことはないよな」

勝五郎が顔を小籐次に向けた。

「いちいち、そなたらのネタにされて堪《たま》るものか。江戸に参勤交代で戻ってこられたゆえ挨拶じゃ」

ふうーん、と勝五郎が鼻で返事をした。

両手で湯を掬った勝五郎が顔をじゃぶじゃぶと洗い、

「新兵衛さんの弔い、どうするよ」

と尋ねた。

「未だ亡くなったと決まったわけではあるまい。だいいちこの一件は家人の桂三郎さん、お麻さん、お夕ちゃん一家が考えることじゃ。端からあれこれ言うとややこしくなる」

「だがよ、弔いなんてものは端が動かないとよ、家族は気が動転してなにもできないもんだぜ」

「勝五郎さん、そなたの申すことも一理ある。だが、お麻さんは未だ気持ちの整理はついておるまい。しばし日にちをおいて様子を見ようではないか。弔いを今行ってみよ、町内で、なんだ、えらく冷たい家族ではないかと言われかねぬ。その折は、いえ、家人の考えではございません、勝五郎さんの強い要望でこうなりましたという他はないな」

「ちょ、ちょっと待ってくれ。そんな不人情なことをさ、酔いどれ様、いうなよな。おれが一人だけ悪いようじゃないか」

「だから、かようなことはお麻さんからなんぞあってから動いて遅くはないことじゃ」

「ならばそうするか」

勝五郎が得心した。

「最近汐留橋際に、屋台が何軒も出ておるではないか、夕暮れ、築地川を上ってくると、ぷーんと味噌の香りが漂ってくる。なんとも美味《うま》そうじゃ、立ち寄らぬか」

「ありゃよ、魚田《ぎょでん》だよ」

「魚田とな、初耳じゃな」

「豆腐に味噌をつけて焼いたものを豆腐田楽とよぶだろうが、旬の魚のはらわたのところに味噌を入れたり、両身につけたりして焼いたものをよ、縮めてよ、魚田と呼ぶんだよ。湯の帰りに魚田でいっぱいか、堪《こた》えられないぜ。だがよ、おりゃ、湯銭しか持たされてねえ。酔いどれ様は、銭を持っているか」

「魚田を菜に酒を飲むくらいの銭は持っておる、案ずるな」

「しめた」

勝五郎が湯船から立ち上がった。


魚田を料理茶屋などで出す折、選ばれる魚は鮎だろう。また鯛などを味噌に漬けたあとに焼くのは魚田とは呼ばず、

「鯛味噌漬焼き」

と称する。屋台店になると、鰯やこのしろなど雑魚《ざこ》が主だ。

小籐次と勝五郎は、鰯の魚田を肴に青梅《おうめ》街道筋で醸造された酒を冷やで飲んだ。

「夏の暑さがよ、夕方になっても漂っていてもよ、湯に入り、川風にあたりながら、鰯の魚田で在所の酒を酌み交わす。なんだか生き返ったようだな、酔いどれ様」

はや一杯の酒でいささか呂律が怪しくなった勝五郎が、隣りに座す小籐次に笑いかけた。

そのとき、小籐次は背中にぞくりとした冷気を感じた。湯ざめにしては季節外れだ、と思ったが小籐次は勝五郎に黙っていた。

「金殿玉楼に美姫を侍《はべ》らせて飲む酒などより、わしにはこのような屋台の酒が口に合う」

「宵闇がよ、しわだらけの親父の顔も酒の味までも隠してくれてよ、なんともいえねえな」

ねじり鉢巻きで魚田を焼いていた親父が、

「勝五郎さんよ、言いたい放題だね。おれの顔がしわだらけだろうと、なんだろうと余計なことだ」

「なんだ、留さん、聞いていたのか」

「うちは金殿玉楼じゃねえや、おれと客が面突き合わせているんだ、話はすべて聞いています」

と応じた四十前か、精悍な面構えの親父だった。

「勝五郎さんは別にして、酔いどれ小籐次様のご来臨たあ、先々いいことがありそうだ。わっし、魚田の留三郎にございます。以後、お見知りおき下され」

「ご丁寧な挨拶いたみいる。赤目小籐次じゃ」

「赤目様の武名を知らねえ人間は江戸っ子じゃねえ。わっしら、この汐留橋界隈で商いさせてもらっていますがね、なんだか新兵衛長屋にお住まいというだけでよ、鼻が高いや。これまでもやくざ者がね、みかじめ料なんてせびりにくるんだが、かってに赤目小籐次様の名を出してよ、追い払ったこともございます。だからさ、今晩の酒代は、すべて無料にさせて頂きますぜ」

「おっ、留公、太っ腹、よういうた」

「勝五郎さんの飲み代《しろ》をだれが出すといったよ」

「えっ、おれのは別口か」

「版木職人勝五郎の名なんてなんの役にも立たないもの」

と留三郎がいったとき、隣りの屋台の老爺が、

「と、留さん」

と震え声で呼びかけた。

「どうした、すいとん売りの爺さんよ」

大声で留三郎が尋ね返したところを見ると、老爺は耳が遠いらしい。

すいとん売りは夏の宵の商いであった。

横行灯《よこあんどん》に、すいとん、と書かれたすいとん売りの発祥は吉原といわれ、一杯八文の安直な食いものだ。味噌汁にうどんの粉でつくったつみれを実にしたもので、お店の手代などが買い食いした。

「留さん、三原橋の元蔵親分の手下たちの見回りだよ」

すいとん売りの老爺が顎で暗闇を差した。

「人入れ稼業　三原橋元蔵」

と描いた提灯《ちょうちん》を持った五人の男たちが、腰に長脇差をぶち込んで肩を大きく左右に揺らしながら大股で歩いてきて、

「おい、今晩は魚田、すいとん屋、二八そばに白玉売りか、けち臭い野郎ばかりだ。一軒、五十文ずつ耳を揃えて出しねえな」

と一人が大声で喚《わめ》いた。

「三原橋の代貸、ご苦労だね」

留三郎が応じた。

「おや、留、今晩はご機嫌だな。しょぼくれた客がついて、五十文なんて安いか。ならばおめえのところだけ八十文にしてやろうか」

「ありがてえ。だがよ、しょぼくれた客が気を悪くされていなさるぜ、代貸」

「なんだと、鰯の魚田なんぞで安酒を飲む爺と野郎が気を悪くしたって。そやつらからもみかじめ代をふんだくろうか」

「止めておいたほうがいいよ、代貸」

「なんだと、留。屋台ごと汐留橋下に叩き落としてやろうか」

「できるかねえ」

「てめえ、三原橋を舐める気か」

「だったら、うちの客に聞くんだね」

「客、どっちだ。しょぼくれ爺か、野郎か」

「爺様のほうだ」

代貸と呼ばれた男が小籐次の座る縁台を蹴ろうとして、小籐次が振り向いた。

あっ！

と悲鳴を上げたのは提灯持ちの手下だ。

「だ、代貸、ま、まずい」

「なにがまずい」

「よ、酔いどれ小籐次だ」

代貸が息を飲み、ごくりと喉を鳴らした。

「赤目小籐次はいかにもしょぼくれ爺じゃが、なんぞ用か」

「あ、あ、赤目小籐次さま」

「この界隈はこの赤目の縄張り内でな。三原橋がなにほどの人入れ稼業か知らぬが、以後、かような真似をいたす折は、赤目小籐次自ら元蔵のもとへ乗り込む。相分ったか」

小籐次の大喝に五人が争って逃げ出した。

「勝五郎さん、やっぱりよ、酔いどれ様は霊験あらたか、芝の大明神だね」

と留三郎が言い、

「ささ、酔いどれ様、好きなだけ飲んで下さいよ」

と小籐次を見た。

四

勝五郎は三合ばかり飲んだ酒に足がとられ、よろめいていた。

小籐次も勝五郎と同じ程度に呑み、鰯の魚田をどれほど食べたか。最後のしめにすいとんを食し、留三郎とすいとん売りの老爺に飲み代、食べ代に見合う料金をおいて屋台を出た。

「酔いどれ様、今宵はわっしのおごりだといったぜ」

留三郎は、最初銭をとろうとしなかったが、

「商いでおごりだ、ただだがあっては決してよくない。それがしもしがない研ぎ屋の爺じゃが、頂戴するものは必ずいただく。それが商いじゃぞ」

と小籐次は強引に相手の手に金を押し付けた。

「なんだか、おれがさ、嘘をいったみたいで気持ちがよくねえよ」

「刃物の切れが悪くなった折、研がせてくれ。そのときはちゃんとお代を請求いたす」

「そうかい、三原橋の代貸を追っ払ってもらってよ、あいつらに脅しまで酔いど

れ様はかけてくれなさった。酔いどれ様の名はよ、江戸じゅうに知れ渡っているもんな。おれたち、今晩からあいつらに悩まされることがなくなって安心して稼ぎができらあ。それで飲み代まで頂戴しちゃってよ、すまねえ、ありがとうございました、赤目様」

留三郎の言葉に送られて汐留橋の南詰めにかかったところだ。

一つ上が芝口橋、土地の人が新橋と呼ぶ橋だ。その途中に堀留があって、その入口に幅二間半ほどの名もない橋が架かっていた。

新兵衛長屋はこの堀留の突き当たりにあった。舟で行くならばすぐだが、少し上流に上り、路地へと回り込むことになる。

「ほれ、勝五郎さん、よろめいては堀に落ちるぞ」

「なに、酔いどれ様よ、おれがよろめいているって、酔っぱらっているって。ばかをいいなさんな。おれはほれ、このとおり、こ、言葉もよ、く、口もしっかりしていらあ。こ、腰だってし、しゃんとしたものだ」

といいながらどんどんと河岸道の端に寄り、御堀に転がり落ちそうになった。

小籐次が勝五郎の襟首を摑んで、河岸道の真ん中へ連れ戻そうとした。

そのとき、小籐次の体をぞくりとした悪寒が見舞った。

（夏風邪を引いたか）

小籐次は最前屋台で感じたと同じような、背筋を走った寒さを考えた。

「よ、酔いどれ様よ、なんだか、ぞ、ぞくぞくっと体が寒いや。留の酒は、村醒めか。あいつ、お、青梅の酒は、じょ、上等だってえばっていたがよ、酒に水を足してねえか」

「勝五郎さんや、しっかりしなされ。留三郎さんの酒のせいではない」

「だったら、湯ざめしたか」

二人の周りに薄い冷気のような膜が包み込もうと迫っていた。常夜灯のうすぼんやりとした灯りが小籐次にそんな異様な光景を見せてくれた。

「妖しげなことよのう」

うしろを振り向くと、さほど歩いたとは思えないのに、屋台の灯りは見えなかった。小籐次は手にしていた手拭いを懐に突っ込んだ。手拭いは飲んでいるうちに乾いていた。

「な、なんだよ。この冷たい靄はよ」

「勝五郎さんや、新兵衛さんがわれらを呼んでいるのやも知れぬ」

「じょ、冗談はよ、よしてくれ。おれは、奉公前のガキがいるんだよ。い、今よ、あの世に連れていかれてたまるか」

「しっかりとわしの傍らに従っておれ。前には出るでないぞ」

小籐次は脇差の鯉口を切った。

靄とも冷気ともつかぬものは河岸道の地べたを包み込み、もはや御堀と河岸道の境がどこにあるか分らないほどだ。靄の中に一筋道のようなものが開けていた。

その向こうに白衣の着流し、白髪を総髪にした人物が立っているのが垣間見えた。

「お、おれを放っていくなよな、よ、酔いどれ様」

「放ってはいかぬが、われら、どこぞに導かれていくようじゃぞ」

「まだ生きていてえよ、し、新兵衛さんよ。ご、後生だから、よ、酔いどれ様だけをさ、誘ってよ、おれはうっちゃっといてくんな」

勝五郎が薄情なことをいった。

小籐次は足を止め、脇差を抜いた。

「勝五郎さん、しゃがんでおれ」

「やだよ、冷てえ靄のふとんなんぞに包まれたくねえや」

勝五郎の酔いも醒めたとみえて口調はしっかりしてきたが、その分、震えが感じられた。

「どうも新兵衛さんとは違うようじゃ」

「どういうこったよ。汐留橋から長屋までそう遠くはねえのに、なぜ長屋の木戸が見えないんだよ」

「われら、どこにいるのか分らぬ。ゆえに長屋への道を辿っておるのかどうかも怪しい」

靄が、
ふわり
と立ち上がり、二人の視界まで奪おうとしていた。そんな中からなにか礫《つぶて》のようなものが小籐次らを目がけて投げ打たれた。一つひとつではない、あちらこちらから一どきにだ。

小籐次は靄の中で上体を揺らし、脇差を振るって叩き落とした。

「来島水軍の末裔、赤目小籐次の来島水軍流、礫落とし」

といいながら叩き落とした。

不意に礫の飛来が止み、なにか新手を考えている気配があった。

小籐次は立ち昇る靄に向って大きく踏み込み様、片手正眼に構えていた脇差に

もう一方の手を添えて、
えいっ！

とばかりに斬り割った。

左右に二つに裂けた靄が渦巻いた。さらに小籐次は、

「南無八幡大菩薩」

といいつつ、脇差を虚空に躍らせ、渾身の力をこめて前方を突き、左右を払い、最後に正面に向って靄を両断するように振り下ろした。腰の据わった一撃に、
すうっ
と靄が消えていった。

気が付くと、二人は堀留口に架かる橋の上にいた。

「よ、酔いどれ様よ、屋台店からだいぶ歩いたと思ったがよ、まだ堀留の上か」

「眼くらましにあったかのう」

小籐次は新兵衛が神隠しに遭ったのとは違う、何ものかが悪戯《いたずら》したと思った。

脇差の刃についた露を振り払い、鞘《さや》に納めた。

「なんとも奇妙な夏であるな」

「なにか嫌なことが起こる前兆ではねえか。ま、待てよ。こいつ、ほら蔵のネタ

にならねえかな」

「止めておけ。二人して酒に酔って悪い夢を見たくらいにしか思われまい。何事もなかったのだ、よしとしようか」

二人は足早に路地に曲がり、新兵衛長屋に向った。すると、木戸の前に桂三郎が立っていた。

「だいぶ遅うございましたな、赤目様」

「どうなされた、夕涼みかな」

「夕涼みじゃございません。寝床に入ったんですが、なんだかぞくぞくして寒いんで、なんぞ起こっておらぬかと、赤目様が拵えた鈴付きの風車を確かめに見にいったんでございますよ」

「桂三郎さん、鈴は鳴っていたか。風車は回っていたかよ」

勝五郎が糾した。

「それが、凍りついたようでうんともすんとも動いていませんでしたよ」

「やっぱりな」

酔いが醒めた勝五郎が湯屋の帰り、汐留橋下の屋台に立ち寄ったあとの奇妙な出来事を告げた。

「舅のしわざですか」

「いや、新兵衛さんではないと見た。なんとも奇妙な夏じゃな」

桂三郎に応えた小篠次は、

「駿太郎は厄介になっておるのじゃな」

「ええ、子どもたちはぐっすり眠っておりますよ」

「すまぬ、いつもいつも世話になって」

「駿太郎さんは、半分うちの子ですよ。いないと寂しいたらありゃしません」

「あとの半分は須崎村に世話になっておる。わしは駿太郎のなんなのじゃ」

小篠次にとって駿太郎は養い子であった。と同時にいつの日か、親の仇として
赤目小篠次を付け狙うかもしれない駿太郎であることも承知していた。

「赤目様、なぜおりょう様といっしょに住まわれないので」

桂三郎はめずらしくも踏み込んだ問いをした。

「住まねばならぬか」

「夫婦《めおと》ならいっしょに住むのが当たり前にございましょう。駿太郎さんのためでもございますよ」

「おいおい、桂三郎さんよ、酔ってねえか。酔いどれ小篠次と北村おりょう様が

夫婦だって。そんなばかなことがあるか」

「おかしいですか、勝五郎さん」

「だってよ、月とスッポンって世間でいうじゃないか。おかしいよ」

「おかしくはございません。赤目様とおりょう様は慕い慕われる夫婦なんです」

「おりゃ、信じねえ」

「勝五郎さんがそういう考えならそれでいいですけどね」

「桂三郎さん、人には品格がある。貧しいとか金を持っているとか、そういうことではない。生まれ落ちたときから備わった品性じゃ。わしとおりょう様ではまるで格が違う。わしはな、分を守って遠くからおりょう様を見守るほうがよいのだ」

「えっ、酔いどれ様はおりょう様に惚れてんのか。そりゃ、よしな」

「勝五郎さんは黙っていて下さい」

今晩の桂三郎は頑固だった。

「桂三郎さん、わしに新兵衛長屋を出ていってほしいのかな」

違います、と桂三郎が叫び返した。

「ご免なさい、赤目様。大きな声をあげて。赤目小籐次様がいない長屋なんて考えられません。私どもはどれほど赤目様が同じ長屋に暮らしていることを自慢に思っていることか」

「爺は、そう思うてくれるとは嬉しいかぎりじゃ。わしはこの長屋に住まいして研ぎ仕事を続ける。おりょう様のところには時折り寄せてもらう。それが赤目小籐次の分相応というものじゃ。分ってくれぬか、桂三郎さん」

小籐次の言葉に桂三郎が長いこと沈思していたが、話題を変えた。

「明日昼過ぎからお店に注文を聞きにいきます。駿太郎さんとお夕を連れていこうと思うのですがいいですか」

「ああ、いいとも。たちばな屋は、十軒店本石町《じっけんだなほんこくちょう》であったな」

錺《かざり》職人の桂三郎は、親方の下から独り立ちする折に紹介してもらったお店の注文だけをこなして仕事をしていた。

「番頭さんがいうには、得意先で私の仕事でなければという注文が舞い込んだそうです、なんでも娘さんの嫁入り道具とか」

「それは嬉しい話ではないか。さような得意先に駿太郎を連れていってよいのか」

「番頭さんに尋ねたら、大きな屋敷ゆえ子どもを連れていくくらい差し障りはなかろう、二人は奥には通れないが、供待ち部屋で待っていることになるということでした」

「お夕ちゃんがいるで、大事な得意先には迷惑はかけないと思うがな」

「駿太郎さんなら大丈夫ですよ」

桂三郎が言い、

「そろそろ休もうか」

と三人は木戸口で別れた。


翌朝、小籐次は蛤町裏河岸に仕事に出かける前、おりょうが造ってくれた外着に小さ刀を添えてお麻の家に持参した。

「おや、駿太郎さんは刀を差しますか。お侍さんを連れて得意先とは思わなかったな」

桂三郎が驚いた。

「ふだん着ではそなたの体面にも関わろう」

「おまえさん、お夕にもいつか赤目様に頂戴した浴衣を着させます」

「お麻、私も仕事着ではいかぬようになったな」

桂三郎が言い、

「駿太郎、桂三郎さんにもお夕ちゃんにも迷惑をかけてはならぬぞ」

「父上、駿太郎はちゃんと挨拶ができます、迷惑などかけません」

と駿太郎が応じたものだ。


この日も暑い一日になった。

小籐次は、昼前に曲物師の万作親方と倅の太郎吉の仕事場の片隅に研ぎ場を拵えてもらい、この家の道具と、経師《きょうじ》根岸屋安兵衛の道具を研いだ。昼餉を万作親方のところで馳走になった。

嫁のうづは昼前に弟の角吉の野菜売りの手伝いをして、空になった野菜舟で戻ってきた。弟の角吉も近ごろでは、うづの嫁入り先の万作親方の家で昼餉を摂るらしく、二世代の夫婦に角吉と小籐次が加わり、六人が賑やかに野菜たっぷりのうどんを食した。

「来年には、この家はさらに一人増えて賑やかになるな」

「赤目様、男かね、女かね。よく孕《はら》んだ女の顔を見ると、男か女か分るというが、うづの顔が変わったとも思えないけどな」

太郎吉がうづを見た。

「うづさんは、どんな感じだな」

「初めての経験ですもの、よく分りません。でもお腹の暴れようは男の子かな」

「おお、結構結構」

と万作親方が嬉しそうな顔をした。

「おりゃ、女がいい」

と太郎吉が抗った。

「わたしゃ、男でも女でもいいよ、元気ならばね」

うづの姑のそのが言い、一同が頷いた。


この日の昼から深川一色町の魚屋、魚源《うおげん》の永次《えいじ》親方の店に移動して橋下に止めた小舟を研ぎ場にしてせっせと仕事を続けた。

魚源は、深川界隈でもいちばん大きな魚屋ゆえ、魚の仕入れも大量なら客もひっきりなしに来る。だから、手入れをする道具はいくらでもあった。

八つ半、永次親方自ら煙草盆に茶と白玉を運んできてくれた。

「親方自ら茶を供してくれるとは恐縮じゃな」

「なあにこの刻限、客も途絶えるのさ。この暑さじゃな。橋下の舟は極楽だぜ」

と言いながら、水辺の日陰で煙草を一服し始めた。

　小籐次は、

「あんこが入った白玉はなんと涼しげで美味そうじゃな。頂戴しよう」

「三河蔦屋の十二代目が亡くなって二年か」

「つい先日三回忌があったばかりだ」

「わっしも行かせてもらったよ」

「気付かなかった」

「赤目の旦那は、三河蔦屋の後見だもの。大勢を相手に挨拶していなさるんでよ、遠慮したのさ」

「そうであったか、知らなかった。ともかくこの世は逝く人あり、来る人ありだ。万作親方の嫁に子が産まれる」

「そうだってな、太郎吉とうづさんの仲人は、赤目様とおりょう様だったな。どんな気持ちだえ、仲人した若夫婦に子が産まれるのはよ」

「孫が生まれるようだといいたいが、こちらは子も孫も知らぬ。なんとも奇妙な気持ちじゃな」

「ふっふっふふ、駿太郎ちゃんがいても養い子だしな」

「そういうことだ」

四半刻ほど小籐次と談笑した永次親方が店に戻り、小籐次はふたたび魚源の数多い道具の研ぎを暮れ六つまで続けたが、終わる様子はなかった。永次親方に、

「赤目様よ、道具をうちで預かろう。明日また戻ってこなきゃならないんだからな」

と研ぎ道具を強引に預けさせられ、明日も魚源で仕事をすることが決まった。

その代わりか、貧乏徳利に鯖《さば》ずしを頂戴した。夕餉に食せよと、頂戴した鯖ずしはたっぷり五人前もあった。

小籐次は残照の大川河口を貧乏徳利の酒を茶碗に注いで飲みながら、佃島の渡しを横切り、築地川へと小舟を入れた。

汐留橋では屋台がすでに店開きをしていて、留三郎が川端で火を熾《おこ》しているのが見えた。

「おーい、魚田の留三郎さんよ、昨夜は初物を頂戴した」

「酔いどれ様、昨晩の帰り道、なにもなかったか」

「なにもなかったかとはなんだ」

「酔いどれ様と勝五郎さんが帰ったあとよ。この界隈はえらい冷たい靄に包まれたんだよ。ちょっとの間だが、変な夏だぜ」

と言うのを聞きながら、小籐次は汐留橋を潜り、堀留へと小舟を入れた。すると、石垣の上に勝五郎が立っていて、

「酔いどれ様よ、遅いじゃないか。大変なことがまた起こったんだよ」

と小籐次に向って喚いた。

第四章　拐《かどわか》し

一

小籐次は、桂三郎と難波橋の秀次親分を小舟に乗せて、大川河口に架かる永代橋を潜って、さらに神田川との合流部を目指していた。舟上には重苦しい空気が漂っていた。

川面には、そよりとも風はない。じっとりとした暑さが夜になって江戸の町を覆っていた。

勝五郎が叫ぶ声を聞いたとき、新兵衛に関わりがあることかと小籐次は思った。だが、堀留の石垣に集まってきた長屋の住人の口から思いもかけないことが伝えられた。

桂三郎といっしょにいたお夕と駿太郎が行方を絶ったというのだ。

この日、十軒店本石町の小間物問屋橘屋喜左衛門方、老舗《しにせ》たちばな屋に寄り、出来上がった櫛笄《こうがい》などを納めた桂三郎らは、番頭草蔵といっしょに本郷御弓町《おゆみちょう》の、初めての得意先を訪ねたという。

お夕と駿太郎を、寄合席三千二百石の阿波津《あわづ》光太夫方の玄関脇の供待ち部屋に残した草蔵と桂三郎は、奥に通ったという。そこで阿波津家の奥方と娘の二人に会い、嫁入り道具の注文を聞いた。

嫁入りは来春で、櫛笄簪《かんざし》の他に化粧道具の注文があった。金には糸目をつけない、末代にまで残るような仕事をしてほしい。その前に紙に描いた意匠を見せてくれとの注文であった。

江戸で知られたたちばな屋は、小間物屋の大店であり、客筋は大身旗本や大店の女衆が大半だ。それにしてもこのご時世に、

「金には糸目はつけない」

などという注文は滅多にあるものではない。それが桂三郎の名指しでたちばな屋に注文がきて、屋敷に伺ったのだ。

初めての客ながら、草蔵も桂三郎も誇らしげな気持ちだった。

話し合いは半刻を大きく越え、桂三郎と草蔵は上気した表情で玄関脇に戻った。だが、供待ち部屋には、お夕と駿太郎の姿はなく、門番に聞いても庭先で遊んでおらぬかという返事だった。

二人は門番に断わり、庭じゅうを探して回った。だが、大身旗本にしては人の気配が少ない屋敷内に二人の姿はなかった。そこで桂三郎と草蔵は屋敷の外に出て、御弓町界隈を必死で半刻以上も探し回ったが、どこにもお夕と駿太郎がいる気配はなかった。

疲れ切り、不安に見舞われた二人が阿波津家に戻ってみると、最前以上に門前は森閑と静まり返っていた。

通用口の扉を、どんどんと叩いて門番を呼んだが、だれの応答もない。そのうち隣り屋敷の門番二人が姿を見せて、

「そなたら、そこは空屋敷だ。いくら叩いてもだれも出てこぬ」

と思いがけないことを二人に言ったそうな。

「門番さん、だって私たちは最前この屋敷を訪ねてお姫様の嫁入り道具の注文を受けたばかりでございますよ」

と草蔵が険しい口調で言った。

「そのようなことをいわれても、だれもいない空屋敷に間違いない。たしかにこの数日、人の出入りはあったゆえ、たれぞ屋敷替えで引越してくると思っていたがな」

と門番も首を捻った。

「そんなばかな。阿波津様は、何代も続いてこちらにお住まいと奥方様に聞かされました」

「そなたら、狐にでも騙されたのではないか。この阿波津の屋敷は、四年前、主が城中で不祥事を引き起こし、御家取潰しの上、主は切腹を命じられた屋敷じゃ。そのあと、屋敷替えでな、火事場見廻の脇坂様が移ってこられたが、半年もせぬうちに、なんとのうゲンが悪い屋敷ゆえ、元の屋敷に戻ると昔の屋敷に戻られたばかりだ。脇坂家の調度道具類がいくらか残っておるが、だれも住んではおらぬ」

門番二人が口々に言い、あまりの説明に言葉を失った草蔵も桂三郎も茫然自失した。長い沈黙のあと、草蔵が、

「桂三郎さん、店に戻ってみないか。お夕ちゃんたちは先に店に戻っているかもしれないよ」

「お夕にかぎり私たちを屋敷において先に戻るなんてありません」

と言い張ったが空屋敷の門前で押し問答してもどうしようもない。

ともかくいったん御弓町から引き上げ、十軒店本石町のたちばな屋に戻ってみた。だが、予想したようにお夕も駿太郎も戻った気配はなかった。事情を聞いた大番頭が、

「子どもなんて連れて得意先に行くからさような厄介を引き起こすのだ」

と怒り出し、桂三郎は、

「草蔵さんを通して大番頭さんにお断わりしてのことでございます」

と言い返したが、

「私ゃ、存じません」

と大番頭はにべもなく答えた。それでも口調を和らげ、

「桂三郎さんや、長屋に戻っているんじゃないかね」

と言い出した。そこで桂三郎はすがる思いで芝口新町に戻ってみたが、そこにも二人の姿はなかった。桂三郎のただならぬ表情を見て、事情を聞いた勝五郎が、

「こいつはなんぞ謂れがなきゃならねえ。酔いどれ様が帰ってくるのを待つしかあるまい」

「勝五郎さん、そんな悠長なことをいっている場合じゃありません。こうしているうちにお夕も駿太郎さんもえらい目に遭っているのかもしれないんですよ」

「桂三郎さんよ、まさか新兵衛さんが寂しいってんで二人を呼んだってことはないよな」

「そ、そんな」

「よし、こいつはさ、餅は餅屋だ。おれがさ、難波橋の親分と久慈屋に知らせてこよう。その上でなんぞ知恵を絞ろうじゃないか」

勝五郎が新兵衛長屋を飛び出していき、難波橋の秀次親分と、久慈屋の大番頭観右衛門と国三が長屋に駆け付けてきた直後に、小籐次が戻ってきたというわけだ。

事情を聞いた小籐次は、新兵衛の神隠しとは関係がないと直感し、考えを披露した。難波橋の秀次も、

「わっしの考えも酔いどれ様といっしょだ。なんとも道具立てが大仰なところがさ、人間臭いや。どうやら赤目小籐次様を誘《おび》きだそうってんで、お夕ちゃんと駿太郎さんを拐《かどわか》したということではございませんかえ」

と言い出した。

「そちらのほうが得心がいく」

「赤目様、このままじいっと待つのでございますか」

一日でめっきりと憔悴しきった表情で桂三郎は眼ばかり光らせて小籐次に言った。

「桂三郎さん、わしが狙いなれば二人の命に係わるようなことは相手もしますまい。わしを誘きだす大事な人質じゃからな」

とまず桂三郎を宥め、

「大番頭さん、久慈屋さんのほうで、たちばな屋の番頭と桂三郎さんが誘い出された御弓町の旧阿波津家になにがあったか、調べてもらうわけには参りませぬか。それがしは、十軒店本石町のたちばな屋から桂三郎さん方が引き込まれた屋敷を念のためにもう一度調べてみようかと思う」

小籐次の考えに難波橋の秀次が賛意を示し、観右衛門が、

「御弓町の阿波津様はうちの得意先ではございませんでした。されど、あの界隈ならよく承知のお屋敷が何軒かございます。こちらはこちらで動きます」

と答えて、行動が決まった。

そんなわけで小籐次は桂三郎を案内方にして、秀次親分を乗せて神田川へと小

舟で遡行しているところだった。

「赤目様、新兵衛さんの神隠し、お夕ちゃんと駿太郎さんの拐しと嫌なことばかりが長屋に続くな」

秀次が呟いた。

悪気があったわけではないが、どちらも小籐次との関わりではないかと問われたようで、なんとも居心地が悪く返事のしようがない。桂三郎は舟に乗ってからは沈黙したままだ。

そういえば、三河蔦屋の三回忌の夜、富岡八幡の船着場で小籐次の前に立ち塞がった刺客の荒沢天童は、あの後、姿を見せぬがこの一件に関わりがあるのかないのか、櫓を漕ぎながら小籐次は思い出していた。

「赤目様、なんぞ思い付かれたか」

小籐次が不意に黙り込んだのを見て秀次親分が問うた。

「いや、そうではないが」

と前置きして富岡八幡の船着場の一件を告げた。

「ふーん、そんなことがね。わっしの勘だと、いささか筋違いに思えるがな」

と秀次は答えた。桂三郎は相変わらず沈黙したままだ。

「それがしも荒沢某と関わりがあるとも思えぬ」

小籐次の小舟は、まず日本橋川に入り、江戸橋の手前で魚河岸の東と北側に鉤《かぎ》の手に取り巻く堀留に入り、行き止まりの浮世小路の東端で小籐次は舟を止めた。ここからたちばな屋のある十軒店本石町は、すぐそこだ。

五つの時鐘が響いてきた。

三人は町年寄の喜多村彦右衛門家の塀に沿って室町三丁目に出た。たちばな屋のある十軒店本石町は本町二、三丁目に接し、たちばな屋も見えた。

むろん刻限ゆえ大戸も通用戸も閉まっていた。

秀次が通用戸をどんどんと叩くと、

「うちは六つが店仕舞いにございます、御用は明日に願います」

とすぐに応答があった。

「たちばな屋さん、難波橋で南町奉行所から鑑札を頂戴する御用聞きの秀次ってものだ。遅くに悪いがちょぃいと開けてくれませんか」

と丁重に願った。しばらく板戸の向うで話し合う声がして、臆病窓が開き、秀次の風体が確かめられ、ようやく通用口が開かれた。

手代風の男が迎え、

「あっ、桂三郎さん」

と手代が桂三郎を見て、なんとなく予測していた風に呟いた。

「娘さんは長屋に戻っていましたか」

いいえ、と桂三郎が答えた。閉じられた店の中に行灯の灯りが灯されて、番頭ら三人が集まって帳付をしていた。

「桂三郎さん、お夕ちゃんはまだ戻ってないのですか」

と声をかけてきたのは年配の番頭だった。

「大番頭さん、お夕も駿太郎さんもまだ」

と首を横に振り、

「駿太郎さんの親父様の赤目小籐次様をお連れ致しました」

と桂三郎がいうと、場に驚きの気配が奔《はし》った。

「なに、あの子どもの侍さんは赤目小籐次様のお子でしたか」

桂三郎は、たちばな屋には駿太郎の親がだれか告げていなかったらしい。

「それがしが赤目小籐次にござる。仕事から戻り、騒ぎを知ってな、まず注文のあった阿波津家が御家取潰しの憂き目にあった家というし、こちらには初めての客とも聞いた。その辺の事情をな、尋ねに参った。経緯《いきさつ》を話してくれぬか。なにしろ幼い子の命が掛かっていることゆえな」

小篠次の言葉に年配の番頭が、

「私はたちばな屋の大番頭橘代蔵《だいぞう》と申します。ええ、姓が橘と名乗るとおりにこの店の血筋にございます」

と名乗り、

「私どもも最前から帳付をしながらそのことをあれこれと気にしておりましたので。いえね、うちも馴染みのお客様の口利きでなければ相手様のことを気にしたんでしょうが、新客様は、桂三郎さんの手に惚れたとの注文です。誇らしい気持ちで桂三郎さんを呼び、御弓町に番頭の草蔵と行かせたというわけですよ。草蔵もえらくしーんとしたお屋敷と思ったそうですが、奥方様もお姫様もそれらしい風体で、話が嫁入り道具ということもあり、つい話し込んで屋敷のことを考える余裕もなかったそうな」

と説明した大番頭の代蔵が、番頭の草蔵を見た。

「大番頭さんの言われたとおりでございまして、今考えればあれだけのお屋敷で奉公人も少なく茶の一杯も出てきませんでしたし、あれこれといささか訝しいと思うべきでした」

「初めての客に馴染み客の口利きがあったのでございますな。どちら様で」

難波橋の秀次が口を差し挟んだ。

「親分、それはちょっと」

代蔵が秀次に抗った。

「赤目様も申されましたが子ども二人の身が危ういのですぜ。こうして天下の赤目小籐次様が出張っているのじゃ役者が足りぬというのなら大番頭さん、なんでしたら南町の定廻《じょうまわ》り同心近藤精兵衛《せいべえ》様をこちらへ呼びますかえ」

秀次がいい、小籐次は店の裏にこちらのことを気にする人の気配を感じていた。

代蔵が慌てて言った。

「いえ、親分さん、それには及びません。信濃小諸《こもろ》藩牧野様の用人の佐々《さ さ》種三郎様から、碁仲間が娘の嫁入り道具をたちばな屋で誂《あつら》えたいそうだ、桂三郎という抱えの錺職人がいるそうじゃが、その者に頼めぬかとのお話でございました。牧野家は一万五千石でございますが、譜代大名にして奏者番を勤められる家系でしてな、うちとは古い付き合いにございます。そこで二つ返事で承ったのですが、かような訝しい話に最前もなぜと、草蔵に佐々様へ問い合わさせたところでございますよ。すると佐々用人も、『なに、それがし、気軽に口を利いたが、町の碁会所で何度か相手をしただけの付き合いだ。直参旗本寄合阿波津と名乗ったことをすっかり信用して、嫁入り道具というので、つい口を利いただけだ。それ以上のことは知らぬ』と当惑しておられましたそうな。な、草蔵、そうですな」

「はっ、はい」

と草蔵が大番頭から念を押されて返事をし、

「あの佐々様が嘘をつかれているとは到底思えませんので」

と言葉を添えた。

「桂三郎さん、おめえさんは子どもを連れていくことをこちらに断わり、許しをもらったといいなさったな」

「はい。草蔵さんがうちに注文の道具の出来具合を確かめに見えたときです」

「草蔵さん、そのことをお店に戻り、話されましたかな」

「はい、大番頭さんに」

草蔵が代蔵を見ながら言った。

「ですが、大番頭さんは忙しさに取り紛れてお忘れのようで」

と顔を伏せて弱々しく言い足した。代蔵は素知らぬ顔だ。

「では、その一件を阿波津家に伝えられなかったので」

「だって大身旗本というだけで、どこにあるお屋敷かも知りません。ただ、佐々用人様が偶《たま》さかお店に参られた二日前にお話ししたところ、阿波津どのは話の分ったご仁、子どもを連れていくらい格別嫌とは言われまいと申されました」

「佐々用人から阿波津家に伝えられたことは考えられますかえ」

「佐々様は、うちの帰りに碁会所に立ち寄ると言われておりましたゆえ、阿波津様なる人物と碁会所で会うたことは十分に考えられます。ただし碁仲間は碁の他は関心がございませんで、どうでしょうかね」

秀次が小籐次を振り返って、首を捻った。

「まず信濃小諸藩の佐々用人は利用されただけであろう。少なくとも阿波津家の名を利用してこちらの番頭さんと桂三郎さんを旗本屋敷に呼び出したのは、同行したお夕ちゃんと駿太郎を拉致する狙いがあってのことであろう」

「赤目様、なぜさようなことを企てたのでございますか」

と大番頭の代蔵が小籐次に尋ねた。

「こちらの財産が狙いか、わしに恨みを持つ者の仕業か」

「えっ、うちと関わりがあることでございますか」

代蔵が思いがけないことをという表情で問い返した。

「こちらはなかなかの老舗、値の張る櫛笄簪などを商ってこられ、分限者《ぶげんしゃ》と狙いを付けた悪党が、嫁入り道具などの注文というてすでに御家取潰しに遭った屋敷に桂三郎さんと番頭さんを呼び出し、拉致しようとした。ところが子どもを連れてくるというので、大人二人より子どものほうが楽、これ幸いと大人二人から子どもに狙いを変えた」

「それではうちとは関わりがございませんな」

自分が拉致されたかもしれないと小籐次に指摘された草蔵が、驚きの顔ながらも小籐次に糾した。

「相手の狙いは最前も申したがたちばな屋の蔵の金かもしれぬ」

「でも人質に取られたのは、赤目様の倅と桂三郎さんの娘ですぞ」

と代蔵も警戒の顔で応じた。

「赤目様、うちでは草蔵がかようにお店におります。脅そうにも人質なしでは脅せますまい」

「大番頭さん、そうでもない。このたちばな屋が一枚嚙んでおることを相手は承知のことだ。こちらの金蔵の金子に狙いをつけて脅したとき、こちらでは、うちはなんの関わりもありません、と突っぱねることができますかな。さようなことをすれば、こちらのお店の信頼は一気に崩れる。不人情なたちばな屋が子ども二人を見殺しにしたという評判が立つとどうなる」

「それは困ります」

と奥から声がして、羽織の男が姿を見せた。

「主の橘屋喜左衛門にございます」

小籐次は店裏で問答を聞いていた人物と推測した。

「大番頭さん、一見うちとは関わりがないようですが、うちの番頭が同道し、桂三郎さんと二人のお子を客の屋敷まで連れていき、その屋敷でお子二人が拐しに遭ったのは事実です。うちが知らぬ存ぜぬと言い張れば、たちばな屋は長年培ってきた信頼を失います。これはうちに降りかかった難儀として考えねばなりますまい」

「主どの、よう申された。とはいえ、こちらの金子を狙ったと決め付けるには材料がとぼしい。二人の子どもは、この赤目小籐次と親しい間柄ゆえどこぞにわしを誘きだすために拐したとも考えられる。こちらの金子、わしの命、どちらを狙った場合も相手側から必ずわが長屋か、こちらに連絡が入ろう」

「赤目様、どのような場合でもこのたちばな屋は、出来るかぎりのお手伝いをさせてもらいます。また、うちの金子を狙ってのことなれば、赤目小籐次様、そやつらの始末、酔いどれ様のお手並みにお任せ願うてようございますか」

「主どの、お互いに助け合いの約定がなったな」

小籐次と橘喜左衛門の二人が協力し合うことが決まった。

二

神田川の水道橋の手前、左岸に舟を舫った三人は、土手を這い上がり、北に向って武家地から本郷元町を抜けると御弓町、旧阿波津邸の前に辿り着いた。

刻限は四つ（午後十時）を過ぎた時分か。

常夜灯の灯りに映し出された武家屋敷は、深い眠りに就いているように思えた。

「さあて、どう忍び込んだものか」

町方の秀次親分がいささか迷った口調で呟いた。町奉行所に関わりがある御用聞きが武家屋敷に忍び込むなど許されていない。

「私が忍び込みまして通用口を開けます」

桂三郎が決然と言った。

「まあ、待ちなされ。かようなときはなにが起こっても不思議はあるまい」

小籐次はそう桂三郎を制すると、通用戸に手を触れてみた。すると、すうっ
と内側へと扉が開いた。

「さっきは閉じられておりました」

桂三郎が茫然と呟いた。

「まあ、思惑があっての企てには、まあまあかようなことが起こるものでな」

小籐次はそう応じると、通用口の敷居を跨いだ。

長屋から用意してきた提灯を提げた桂三郎が続き、最後に秀次親分が入って扉を閉じた。

月明かりが旧阿波津邸を蒼く照らし出していた。どこも戸締りがしてあったが、いかにもなにかが起こりそうな不気味さが漂っていた。

桂三郎が火打ち石で付け木に火を移し、さらに提灯の灯心に転じた。

内玄関に向って三人が進み、秀次が閉じられた板戸を引くと、するすると開いた。無人の屋敷に人の出入りがあった証だった。

「赤目様、お夕ちゃんと駿太郎さんがこの屋敷に囚われているってことはないで

しょうな」

「そのことを大いに願っておるところだ」

「ほう、となると面白いがね」

三人は草履を履いたまま大身旗本の屋敷に入り込んだ。火事場見廻の脇坂某が半年でこの屋敷替えを幕府に願い出たこともむべなるかな、と三人して感じていた。なんとなくぞくりとする不気味さが屋敷内にあったからだ。

「まず供待ち部屋を覗いてみようか」

「こちらです」

提灯を提げた桂三郎が、式台のある玄関の傍らに二人を案内した。

表玄関の右脇に六畳の供待ち部屋はあった。

腰高障子を開くと、がらん、とした部屋を桂三郎の提灯が照らし出し、隅に竹笛一つが転がっているのを浮かばせた。

駿太郎がいた証で、小籐次が拵えた笛だった。小籐次は竹笛を摑むと、小さな音で吹いてみた。

ひゅっ
と甲高い音が微かにして、屋敷のどこかで反応する者がいた。

「桂三郎さんや、こんどは嫁入り道具の話をした奥座敷に参ろうか」

はい、と頷いた桂三郎が廊下の雨戸側を進み、その内側を小籐次が竹笛を手に行き、二人の背後に秀次が従った。

小籐次は、いまや無人であるべき屋敷に何者かがいる気配を感じとっていた。

廊下の突き当たりで庭に面した外廊下に出た。

敷地は二千六、七百坪か。庭は泉水があり、築山があったが月明かりにも手入れがなされていないことが見てとれた。

阿波津家の家族が使っていた「奥」の御座間《ござのま》がたちばな屋の草蔵と桂三郎が通され、こたび、

「奥方と姫」

に面会した部屋だった。

「ここに間違いございません。床の間と違い棚のある十二畳の座敷でしたよ」

阿波津家取潰しのあとに数年の空白を経て、火事場見廻の脇坂がわずか半年ばかり住んだ名残りを見せて新たに畳替えがしてあった。だが、脇坂家の人びとがこの屋敷に馴染んだ様子は感じられなかった。

「桂三郎さん、奥方と姫は名乗られましたかな」

「いえ、番頭の草蔵さんが『阿波津の奥方様』とか『お姫様』と呼んでおりましたので、名乗ることはなさいませんでした。ただ、奥方がお姫様のことを『鶴や』と一、二度呼んだ記憶がございます」

「鶴や、ね。なんとのう臭いのう」

小籐次が呟き、御座間の奥でだれかが蠢《うごめ》く感じがした。

「赤目様、よく考えてみればその『奥方様とお姫様』でございますが、大身旗本の生まれや育ちの大らかさとか気品に欠けていたような気がします」

「どういうことかえ、桂三郎さん」

秀次親分が糾した。

「そう、ほんものの奥方や姫に何者かが扮したようで、とって付けた奥方と姫であったのかもしれません」

「どういうところにさようなことを感じたな」

「赤目様、二人はよう喋りました。その言葉がたれぞから教えられた言葉のようでございました。ですが、その折は、疑う気持ちの余裕などさらさらございませんでした。大きな仕事の注文を受けたことに興奮していたのでございますよ」

「桂三郎さんの気持ちはよう分る」

と秀次親分が洩らし、

「赤目様、奥方と姫に化けるなど長屋育ちの女ができるこっちゃねえ。芝居者かねえ」

と小籐次に訊いた。

「大方そんなところか」

小籐次が答えて手にしていた竹笛を、
ひゅっ
と大きな音で鳴らしてみせた。すると明らかに奥でごそごそと反応する気配がした。

「桂三郎さん、しっかりと提灯を提げておりなされよ」

小籐次は懐に竹笛を仕舞い、御座間から襖《ふすま》を開いた。廊下があってまた襖が建て回されていた。

小籐次の合図を受けた秀次親分が襖を開いた。なかなかの広間で、御祝いなどに使われる間か、上段の間もついていた。祝いの間の真ん中に屏風《びょうぶ》が建てられて一間半四方の囲いが出来ていた。

「さあて鬼が出るか蛇が出るか」

小籐次が屏風に近付いていくと、
ふわり
と建て巡らされた屏風が風もないのに倒れてきた。そして、生臭い臭いが漂ってきた。女が二人、血塗《ちまみ》れで斃れていた。

「桂三郎さん、この者たちを灯りで照らしつけてくれぬか」

小籐次が願い、桂三郎がおずおずと小籐次の傍らに歩み寄って提灯を突き出し、押し殺した悲鳴を上げた。そして、

「あ、赤目様、この二人が奥方様とお姫様ですよ、間違いございません。着ている物は違っていますが、髷もそうですし、間違えようのない奥方の顔ですよ」

と洩らした小籐次が、

「親分、どこぞの芝居小屋から雇われてきた女役者二人、始末されたとみゆる」

「屋敷に巣食う者ども、夜どおし田舎芝居を続けるつもりか。もはや尻尾《しっぽ》は摑まれたも同然、姿を見せぬか」

と怒鳴った。

上段の間に左右の入口の向うから靄が漂い流れてきて、桂三郎が持つ提灯の灯りが揺らめいた。

「あれこれと小細工しおって」

さらに上段の間の入口から濃藍色の忍び衣の者たちが飛び出してきた。面も同色の布で覆われていた。一統の頭分と思える者に向って小籐次が懐から竹笛を摑み出して、
発止
と投げつけた。

虚空を飛んだ竹笛が見事に覆面をした片目を打ち、頭分は立ち竦んだ。それには構わず残りの者たちが小籐次に刃をきらめかして襲いきた。

小籐次が次直を抜き打ちながら、飛び込んできた者の胴を薙《な》いだ。無言裡に斃れ伏したが、二番手、三番手が仲間の死に恐れた風もなく、小籐次へと次々に襲いかかってきた。

(影の者か)

小籐次は、この者たちに江戸育ちではないような土の臭いを感じながら、二人目、三人目を撫で斬った。だが、一人目と異なり、手加減をしていた。

上段の間の向うから鳥の声のような鳴き声が響いた。

小籐次に倒された者たちが、すうっと姿を消した。靄だけが祝いの間に漂い残

っている。

「親分、一人を手取りにしてくれぬか」

秀次が心得て靄の中に倒れた者の体を膝で抑えつけ、十手を首筋に突き付けようとした。

うむ
異変を察した小籐次は、

「親分、桂三郎さん、この場から急ぎ退き上げじゃぞ」

と退出することを命じた。

秀次と桂三郎が小籐次の言葉に反応して、祝いの間を飛び出した。二人に続いて小籐次が廊下から最前の御座間に飛び込んで伏せたとき、祝いの間に爆裂弾でも投げられたような爆発音がして、屋敷が大きく揺れ、三人はその場に倒れた。

桂三郎が手を上げて、提灯を必死で保持して灯りを守った。

「なんてことをしやがる」

秀次が呟いた。

「赤目小籐次、次なる機会はわれらが呼び出す」

祝いの間からしわがれ声が聞こえた。

「だれかは知らぬが、お夕、駿太郎の身になんぞあったときは、赤目小籐次修羅と化し、そなたらを地獄の果てまでも追い詰めてみせる」

「赤目小籐次、楽しみかな」

不意に気配が消えた。

小籐次らは立ち上がり、気配の消えた祝いの間に戻ってみた。屛風だけが残されて奥方と姫の骸《むくろ》は搔き消えていた。また、爆裂弾が破裂したにしては、祝いの間は無傷だった。大きな音だけが響き渡る仕掛けか。その間に都合の悪いものを消し去っていた。だが、二つの骸がそこにあったことを示して血痕が畳を染め、竹笛が転がっていた。

「なかなかの仕掛けにございますな」

と秀次が感心し、小籐次に言ったものだ。

「いったん引き揚げますかえ」

小籐次はふたたび竹笛を拾いながら、

「親分、折角幽霊屋敷に侵入したのじゃ、一応屋敷の中を見物させてもらおうではないか」

「お夕ちゃんと駿太郎さんが囚われているかもしれないと考えなさるので」

「二人はもはやこの屋敷におらぬような気がいたす。いや、なんぞ確信があってのことではないがな」

小籐次の言葉を思案していた秀次が、

「お代は見てのお帰り、あやつらが出てきた上段裏へと参りますかえ」

「それもこれも桂三郎さんが提灯の灯りを守ってくれたからできることじゃ」

灯り一つを頼りに祝いの間裏の廊下に出ると、奉公人の女衆の棲み暮らす長局《ながつぼね》が四部屋並んでいた。だが、どの部屋にもお夕と駿太郎の姿はない。

というより長い間、使われていないことが歴然としていた。廊下を右手に向うと台所があって、竈《かまど》がいくつも並んでいた。

秀次が竈に手を差し込んで火が使われたかどうかを調べ、

「いくつかは昨日今日にも使われた形跡がございますぜ、赤目様」

「幽霊とて腹は空こう」

広々した台所を鉤の手に曲がると中の口の奥に次の間、上の間があった。だが、どこにも人がいた気配はなかった。

武芸場のような板の間があって、小籐次らが入ってきた式台のある玄関に戻った。

「赤目様、どうですね」

「この屋敷、時折り使う者がおるようじゃな」

「最前の者たちですか」

桂三郎が問返した。

「あやつらは関わりがあろうが端役じゃな」

小籐次らは屋敷外に出ると、玄関からこれまでとは反対回りに長屋を戸口ごとに調べながら回った。

相変わらず人の気配はない。庭の西側に御文庫のような別棟があった。さらには垣根の向うに一軒家があったが、重臣が住んだものか。だが、こちらにも人のいる気配はなかった。

小籐次たちは裏庭にあった稲荷社や漬物蔵まで調べたが、収穫はなかった。

「お夕も駿太郎さんもおりませぬな」

桂三郎が力なく呟いた。

「桂三郎さんや、二人は必ず元気にしておる。もうしばらく時を貸してくれ。必ずや赤目小籐次が救い出してみせる」

小籐次はそう言い、三人は阿波津家の通用口から表に出た。

御弓町の武家地は、あれだけの騒ぎがあったにも拘わらず何事もなかったかのような一段と深い眠りに就いていた。

小篠次は阿波津家の敷地内にふたたび人の気配がしているのを感じた。

「なんとも訝しい屋敷ですぜ」

「親分、気味が悪いよ」

秀次と桂三郎が言い合った。

神田川に止めた小舟に三人が乗り込み、難波橋まで秀次親分を送り届けたとき、八つ半（午前三時）の刻限だった。

「親分、ご苦労をかけたな」

「旦那の近藤精兵衛様にこの一件相談申し上げますが、宜しゅうございますかえ、赤目様」

「阿波津家がなぜ御家お取潰しに遭ったのか、町方で調べられるかぎりでよい。近藤どのに調べを願ってくれぬか」

「承知しました」

と答えた秀次が重い足取りで河岸道へと上がっていった。

小籐次は小舟の舳先を巡らし、芝口新町の堀留に小舟をつけた。

「桂三郎さん、お麻さんがこれ以上悲しんだり悩まぬようにな、今晩のことは黙っていてくれぬか」

「親父様に続いて娘のお夕までこのまま姿を消すとなると、お麻の身が案じられます」

桂三郎が力なく答えて、二人は小舟から石垣に飛び上がった。

梅の木の傍らに立てた風車にも、竹の柄に結ばれた鈴にも動きはなかった。だが、小籐次の長屋には灯りが点っていた。

「だれでございましょう」

小籐次に差し当たって心当たりはない。

長屋の戸口に立った小籐次がしばし間をおいて腰高障子を引き開けると、老中青山忠裕直属の女密偵おしんの顔が小籐次を迎えた。

「おしんさんであったか」

小籐次は桂三郎に、

「別口であったわ」

と告げ、少しでも体を休めよと言うと、桂三郎が黙って頷き、木戸口に向った。

土間に入ると、長く待たせたか、と尋ねた。

「二刻余りですよ、最初は久慈屋の大番頭さんといっしょでしたから退屈もしませんでした」

と涼しげな顔で言い、

「お夕ちゃんと駿太郎さんが拐しに遭ったんですって。その顔では未だ手がかりがなさそうですね」

と観右衛門から話を聞いたか、尋ねた。

「ないに等しい」

と応じた小籐次は、水甕《みずがめ》に竹柄杓を突っ込んで水を汲み、喉を鳴らして飲んだ。

「なんとも訝しいことばかりが立て続けにおこりおる」

一間っきりの長屋に上がった小籐次は、新兵衛の神隠しからお夕と駿太郎の拉致までをおしんに告げた。

中田新八とおしんに願っていたのは、旧主久留島通嘉の願いごとであった。が、こちらは一刻を争うこととも思えない。ゆえにおしんに、新兵衛長屋をめぐる出来ごとを告げたのだ。

「観右衛門さんからもおよそのことは聞きました。赤目様、四年前にお取潰しに遭った直参旗本寄合阿波津光太夫の名に私も漠とした覚えがございましてね、大番頭さんの話を聞くうちに思い出したことがございます」

「なに、そなたが記憶しているということは、格別に謂れがあって阿波津家はお取潰しになったのじゃな」

「いえ、それが反対でございますよ。直参旗本三千二百石の御家取潰しとくれば、主の切腹の沙汰はこのご時世そうそうございません。大きな騒ぎになりましょう。ところがたしかに阿波津家は取潰しになりましたが、主の光太夫も跡継ぎにもお咎《とが》めがある前に、なんと、阿波津家の一族郎党が掻き消えてしまったとか、そんな噂が私どもの耳に入ったとき、新八様が殿様にこの一件を糾したことがございますので。そしたら、殿が『新八、この一件を探るのは止めておけ、上様直々のご判断ゆえな』と答えられましたのをいまも記憶しています。その場に私もおりましたゆえ、なんとのうこの一連の騒ぎと阿波津光太夫の名を覚えていたのでございますよ」

小籐次はおしんの話に頷いた。しばし沈思したあと、話題を転じて訊いた。

「久慈屋の大番頭さんの話のほうは、どのようなものであったな」

「どこを当たっても糠《ぬか》に釘を打つようで、なんの手応えもないそうな。そのうち目付筋から、『久慈屋、この一件、忘れよ。でなければ久慈屋に大事が出来することになるぞ』と警告されたそうにございます。このことを赤目様に告げて下され」と言い残してお店に戻られました」

おしんの話に小籐次は首肯すると、

「阿波津家は、代々無役の寄合席じゃが、内証は豊かであったのは屋敷の様子から垣間見えた。あれはそののちに引き移ってきた脇坂家が手を入れたものかな。それとも阿波津家が寄合は偽装、その実、上様直々の影御用を賜る家系であったか、怪しげな屋敷の様子はそのことを示しているがのう」

「私もそう思います」

おしんが言い切った。その口調にはこの一件になみなみならぬ関心を持っていることが知れた。

「となると、狙いはわしとみた。どこで阿波津という虎の尾を踏んだか」

小籐次は腕組みしてしばし沈思に落ちた。

三

小籐次は腕組みを解き、

「なんとかするしかあるまい。阿波津が影御用なれば、ただ今も健在、わしに用があれば先方からなんとか言ってこよう。あれもこれもおしんさんの力を頼るわけにもいくまい」

と呟き、

「過日の願いの筋で参られたな」

と話柄を変えておしんに糾した。するとおしんが首肯し、

「赤目様の旧主久留島通嘉様の陥られた罠《わな》にございますが、本日、いえ、昨日、殿が城中にて小倉藩主小笠原忠固様とお会いになられたそうな」

「なに、青山様自らが森藩の件で早々に動かれたか、恐縮至極じゃな。して、小笠原様はなんぞ承知であったか」

小倉藩は外様大名の多い九州の地にあって徳川勢力の息がかかった譜代大名であった。寛永九年師走、小笠原忠真《ただざね》が小倉に入封した背景には、九州の外様大名の、

「目付的な役割」

があったと考えられた。

細川家から引き継いだ折、忠真は将軍家光から十五万石を安堵されたが、それ

は幕末まで変わることはなかった。一方、譜代大名でありながら、忠真以来、十代を継承して幕末にいたるが、だれ一人として幕府の要職に就いたことはなかった。

どこの藩もそうだが、小倉藩の藩財政もまた逼迫していた。

特に安永から寛政期（一七七二〜一八〇一）にかけて家老犬甘知寛《いぬかいともひろ》が財政再建のために敏腕を振るい、藩財政は一時だけ好転をみせた。だが、過酷な年貢徴収に堪えかねた農村部で百姓の逃散《ちょうさん》が頻発して、ふたたび藩財政は窮乏し、ために藩内に派閥抗争が頻発していた。

そんな折、老中青山忠裕が小笠原忠固と会ったというのだ。

「小笠原忠固様は、森藩の明礬の権利を豊前屋儀左衛門なる商人が小倉藩に移してうんぬんしようなどということを一切ご存じなかったそうな。また赤目小籐次様の身柄を五百両の担保としたことも知らないそうでございます。このことは予測されたことにございます」

老中に問い質されて、はい、と答える大名もあるまい。知らぬと返事をせざるを得なかった。

「さらに西国において二国が相争うようなことは宜しからず、とわが主が説かれると忠固様は、『藩主たる者がさようなことを老中に指摘されるなど恥辱のいたり、与り知らぬことにて恐縮なり』と重ねてお答えになったそうな。その上で、『なぜわが藩が御鐉拝借で名を上げた赤目小籐次を五百両の担保に召し抱えねばならぬのか』と自問されるように呟かれたとか。そこでわが主はこう忠固様に耳打ちなされたそうな……」

「……忠固どの、二人だけの話にしてほしきことがござる、ようござるか」

「むろんのことにございます」

忠固は答えざるをえない。

「赤目小籐次が豊後国森藩を離れたのはあの騒ぎ、『御鐉拝借』以来のことで事実である。そのあとのことじゃがな、赤目小籐次は、幕府のために密かに御用を勤めておる。それを小倉藩小笠原家が強引に召し抱えられるようなことになれば、幕府内で著しく小倉藩の立場は悪いものになろうかと存ずる。西国大名の抑え、小倉藩がそれでは甚だ芳しからず、お分りでござろうな」

との青山忠裕の耳打ちに小笠原忠固は真っ青な顔になって、

「青山様、最前も申しましたがこの忠固、一切与り知らぬことにて、さようなことは決してございません」

と畏まった。

「ならば、こたびのこと、青山忠裕一存にて処置いたす。忠固どの、豊前屋儀左衛門なる商人と親しい江戸家老渋谷恒義どのに厳しく釘を刺しておかれるがよろしかろう」

青山忠裕の言葉に小笠原忠固は平伏して承った。


「……赤目様、森藩の一件、これにて落ち着くと思われます」

「有り難い思召しにござる、おしんさん。されどそれがし、いささか腑に落ち申さぬ。それがし、幕府の影御用など勤めたことはないがのう」

「そこはほれ、言葉の綾にございます。影御用を勤めようと勤めまいと、そう聞かされた小笠原忠固様は、城中でも屋敷内でも口にすることも為らず独り密かに胸中に抱えて、わが主が示唆された差し障りの解決を江戸家老らに厳しく命じられましょう。まず今後豊前屋が小倉藩内で暗躍することはございますまい」

「おしんさん、助かった。このとおりじゃ」

小籐次は白髪頭を下げた。

「赤目様、真正直なお方にございますね」

「どういうことか」

「うちの主様とて、ただ働きは決して為されませぬ」

「なに、この見返りにわしになんぞ働けと命じられるか」

「いえ、ただ今はさような御用はお持ちでないと見受けました。されど今後なんぞの折、必ずや赤目様の武名と腕を借り受ける事態が生じます。これまでもそうであったようにです」

「ふ、ふーん、それがしは城中の一部では幕府の影御用と見られておるか」

と小籐次は呆れ顔で呟いた。

「なんぞ差し支えがございますか」

「格別にないとは思うが、なにやら釈然とせぬな」

小籐次が呟くと、おしんが笑いだした。

「私ども密偵は、表の方々にいいように使われてなんぼの存在にございます。老中青山忠裕と赤目小籐次が関わりあるのではないか、と城中で密かに噂になれば、わが主どのの狙いはもはや成ったも同然でございます。赤目様がこたびの一件で、恐縮することは一切ございません」

「おしんさんは、そういうがな、なにやら借りができたようで落ち着かぬ」

と小籐次の言葉におしんが笑い、

「赤目様、最前の話に戻ります」

と話柄を転じた。

「最前の話とはなにか」

「駿太郎さんと差配の娘が拐された一件でございますよ。阿波津が御家取潰しになった今も健在にて闇に潜り、だれのために働いておるか、うちの主が承知のことか、いえ、幕閣のどなたかと繋がりがあるにしても、うちでないことは確かです。赤目様、私が一晩赤目様のお帰りをお待ちしたのは、そのことについて赤目様と話し合うておこうと思ったからでございます」

おしんは小籐次の周りで起こったことを久慈屋の大番頭観右衛門から聞いて、

「この一件怪しげな」

とやはり直感したようだ。

「さっきも言うたが、わしに関わる話なれば、二人の子どもなぞ拉致せんでもよかろう、この赤目小籐次のほうからどちらにでも出向く。子どもを捕らえるなど姑息な手を使いおって」

「赤目様、阿波津家がなぜ御家お取潰しの今も暗躍しておるのか、どこにおるのか、だれと繋がりをもってのことか調べてみます」

おしんが繰り返した。

「おしんさん、百万の援軍を得たようじゃ」

「ほれな、赤目小籐次様とわが主青山忠裕が老中の地位にあるかぎり、私どもは、かように助け合う間柄にございますよ」

「つまりすでにそれがしは幕府の手の者か」

「まあ、そうお考えになっても差し支えございますまい」

「ふうん」

小籐次は鼻を鳴らした。

「小倉藩のどなたかが赤目小籐次の武名を利用しようとしたたには、それなりの理由があるのでございます」

しばし沈黙した小籐次が、

「これまで同様にな、それがしはおしんさんや中田新八どのとの縁を願うことにしよう」

「それでようございます」

と応じたおしんが立ち上がった。

　もはや、夜は明けて板の間の向うの障子が朝の光に白んでいた。


　おしんが去ったあと、小籐次は朝湯に行くことにした。

　暖簾を掲げようとした湯屋の男衆が、

「酔いどれ様、徹夜で酒ですかえ」

「そうではない。見目麗しい女衆と一晩過ごしただけだ」

「おや、須崎村のお方ですかえ」

「それが違うのだ」

「いいんですかえ。二股なんぞかけて」

　男衆が言ったところに勝五郎の声が響いた。

「二股だと、ぼそぼそと一晩じゅう煩《うるさ》いったらありゃしない。あの女となにを喋くっていたんだよ。読売のネタになることならば、酔いどれ様よ、湯の中で話してもらうよ」

「なんでもかんでも、めしのタネにと考えるでない。うちの長屋では三人も姿を消しておるのじゃぞ。まずお夕ちゃん、駿太郎を何事もなく無事に取り戻すことが先決じゃ」

「だから、読売に書けばよ、あれこれと話が集まってこようが」

「新兵衛さんの時だって、なんの話もこなかったではないか」

「ああ、あれな、困ったよな。一体全体どうしたんだ」

二人は湯銭を番台において、いちばん風呂に浸かることにした。

かかり湯を使い、ざくろ口を潜って、湯船に揺蕩《たゆた》う新湯に身を浸けた。

天井の湯気を外に逃す格子窓から朝の光が差し込んで、それが板壁に反射して湯船の湯をきらめかせていた。

「ふうっ」

「手がかりはなしか」

「ない。だが、お夕ちゃんと駿太郎は必ず助け出す。それにしてもこの齢で徹夜して動き回るのは辛い」

「ああ、酔いどれ様よ、体あっての物種だ。その顔で女にもてるからって一晩じゅう女と付き合うのもどうかしたもんだぜ。おれも眠いや」

と洩らした勝五郎が湯の中で大あくびをした。

「聞き耳を立てておったな」

「最初は艶《つや》っぽい事態かと思うたが、ぼそぼそと話すばかりでよく聞き取れねえや」

「秘密の話ゆえな、聞かれぬように用心した」

ちぇっ、と言った勝五郎が、湯の中で眼を閉じた。それを見ていた小籐次もついうとうととした。

「おーい、酔いどれ様と勝五郎さんよ、うちは宿屋じゃねえよ、湯船の中で眠り込んでいると溺れ死ぬぞ」

三助の怒鳴る声に小籐次と勝五郎は慌てて眼を覚ました。

「今日も暑くなりそうじゃな」

「ああ、暑くなるぜ」

三助が小籐次の言葉に応じて、

「酔いどれ様、一杯引っかけて眠るかえ」

勝五郎が訊いた。

「それが出来ればな、元札之辻まで出かける用事がある」

「お夕ちゃんと駿太郎ちゃんのことか」

「いや、別件だ」

「呆れた、ほんとうに齢を考えな」

「そうしたいのも山々じゃがな、そうもいかぬ」

と答えた小籐次は、湯船から出た。


一刻半後、小籐次は破れ笠を被って、せっせと赤羽橋から元札之辻の先にある森藩江戸藩邸に向っていた。

長屋に戻ったものの、小籐次は睡魔に抗しきれず一刻ばかり熟睡した。どんどんと壁を叩かれて勝五郎に起こされた小籐次は、慌てて着替えをして長屋をあとにしてきたところだ。木戸口でお麻に会ったが、

「赤目様、亭主から聞きました。もはや私らの手には負えません。お夕を、駿太郎ちゃんを取り戻して下さい」

と哀願された。

「分っておる。手立てがないわけではない。必ず取り戻すで、しばし日にちをくだされ」

と願ってお麻の眼を逃れるように出てきたのだ。

芝の海から吹く潮風もこの暑さを吹き飛ばす力はなかった。

森藩江戸藩邸の門番が、

「赤目様、暑うございますな」

と掛ける声もうんざりとした様子があった。

森藩久留島家は海に向って表門があった。ために門番は東に向いて立ち番を為す。ために夏の陽射しを真面《まとも》に受けて、顔が真っ赤だった。

「ご苦労にござるな」

「本日はどなたに御用かな」

「殿に、通嘉様にお目通り願いたい」

「赤目様、本日は登城日にござる」

「なに、登城であったか。無駄足に終わったか」

小籐次はただ今歩いてきた道を振り返った。

赫々《かっかく》とした陽射しが道に落ちて陽炎が立っていた。朝湯の効きめはすでに消えて、小籐次も汗だくであった。

「待たれますか」

「近習の池端恭之助どのも殿に随身しておられような」

「いえ、それが本日は屋敷におられて、初めて江戸勤番に上がってこられた創玄一郎太様方に江戸藩邸での決まり事や仕来りを教えておいでです」

「ならば、池端どのにお目にかかりたい」

しばしお待ちをと門番が玄関番にその意を伝えにいった。が、直ぐに戻ってきて、

「池端様はただ今道場にて稽古をしておられるそうな、道場に案内致します」

「先日伺った折、庭伝いに道場に行ったで、およそ道は承知しておる」

と案内を断わった小籐次は、道場に向った。

道場では、門番が言ったとおり創玄一郎太らを池端が指導していた。

過日、剣術指南の猪熊大五郎のときと違い、創玄らもきびきびと動き、張りつめた空気が道場にあった。

小籐次は、しばし池端の指導ぶりを眺めていた。的確な説明と指摘は、池端恭之助がそれなりの剣術の技量を会得していることを告げていた。

「精が出るのう」

小籐次が破れ笠を脱ぎながら道場に入っていくと、

「おや、赤目小籐次様」

と池端らが小籐次を見た。

「稽古を続けられよ、それがしは待たせてもらう」

「いえ、天下の酔いどれ小籐次様の前で剣術指南の真似ごとなど勤まりましょうか。本日はこれまでに致します」

小籐次に声をかけた池端が創玄らに道場の後片付けを命じた。

「殿に御用でございますか」

「お知らせすることがあって参ったが登城日であったか」

「過日のことでございますか」

頷く小籐次に、

「私でよければお聞きします」

と池端が言った。

「ならばそなたの口から殿に伝えてくれ」

二人は道場を出ると先日通嘉と話をした東屋に行った。

「よき話にございましょうか」

頷いた小籐次は、老中青山忠裕が小笠原忠固に城中で会った話を差し障りのないかぎり伝えた。すると池端が、

「さすがに天下の赤目小籐次様、為されることが素早ようございます。老中を動

かすなど赤目様でのうては出来ませぬ。殿が赤目様を頼りになさる筈でございます」

「池端恭之助、さような追従を軽々に口にするでない」

「追従ではございません。豊後森藩の窮地をかくもあっさりと解決できるお方など当家にはおりませぬ」

と応じた池端が、

「ところでうちが豊前屋に借りた五百両はどうなりましょうか」

と小籐次に糾した。

「おお、その話があったのう。わしでは担保が勤まらないとなると、豊前屋め、森藩に掛け合いに参るかのう」

「赤目様、それでは解決になっておりませぬ、半端にございます。この点もなんとかして下され」

「おぬし、五百両をこのわしが持っておると思うてか」

「いえ、さようなことは努々思ったこともございません。ですが、このことが残っているとすると、当家の苦衷は消えたわけではございません」

「う、うーん、困ったのう」

としばし思案した小籐次は、

「もし豊前屋儀左衛門がなんぞ藩邸に言うてくるときは、芝口新町の新兵衛長屋にわしを訪ねよと言うて追い返してくれぬか」

「それでようございますか」

「おお、豊前屋は、いくら小倉藩江戸家老渋谷恒義どのが後ろ盾とはいえ、藩主の小笠原忠固様の意向には逆らえまい。となると、豊前屋はこの屋敷に掛け合いにくることは確かであろう。よいか、池端どの、江戸家老長野正兵衛様と話し合い、もはやこの一件、赤目小籐次の手に移ったと追い返すのだ」

小籐次はそう答えるしかなかった。

「承知仕りました」

と答えた池端が、

「赤目様、かようなことは最後の締めが肝心でございます」

と小籐次の顔を見て言い切った。

(若造のわりに辛辣じゃな)

と小籐次は池端を見た。

四

この日の昼下がり、小籐次は、須崎村の望外川荘を訪ね、おりょうにお夕と駿太郎が何者かに連れ去られたことを告げるべく小舟で向った。

北村おりょうは不酔庵で茶を独り点《た》てて、涼を取っていた。

茶室は静寂に満ち、炭火にかかった芦屋釜がちんちんと鳴る音だけが響いていた。

小籐次は不酔庵の客としておりょうの前に座り、

「茶湯の邪魔をして申し訳ござらぬ、おりょう様」

「私どもは夫婦です。亭主どの、なに事が出来しました」

おりょうは小籐次の顔色を読んだか、尋ねた。

「よいかのう、不快な話を静かな茶室に持ち込んで」

気遣いする小籐次におりょうが茶室を見回した。

床の荒壁に三輪の金糸梅が花を垂れるように活けられていた。葉の緑と可憐な黄色の花が浮かんでいるのが小籐次の心に刻まれた。

花器は小籐次が古竹を編んで作ったものだった。

「茶室は世俗を離れた空間を装うております。されどこの世にあるかぎり隔絶されたものではございません。かような浮世離れした茶室ゆえに俗塵に塗れた話もまた持ち込まれます。それを受け止めるのも亭主の勤めかと存じます」

黙って頷いた小籐次は、静かな時の流れをできるだけ乱さぬように話し出した。

おりょうは話の間、一切口を挟まずに聞いていたが、聞き終えたとき、小籐次の前に一碗の茶を供した。

「頂戴いたす」

楽焼《らくやき》の茶碗を手にした小籐次は、しばし静寂の佇《たたず》まいに心に掛かることも暑さも忘れて、ゆっくりと喫した。するとこのところ掻き乱されて波立つ心が、平静なものへと変わった。

「お夕さんも駿太郎も必ずわたしどもの元へ戻って参ります。父たる赤目小籐次様が取り戻されます」

おりょうの宣告は小籐次に失いかけた自信を蘇らせた。

「お夕ちゃんと駿太郎に用があるわけではない。わしに遺恨があってのことだ。必ず先方から接触してくる」

はい、と頷いたおりょうが、

「あとは赤目小籐次の出番にございます。相手はいささか酔いどれ様を甘く見られておりまする」

おりょうの言葉に小さく小籐次は頷き返した。

「赤目様、懸念はその一つだけにございますか」

「おりょう様はわしの胸の中までお見通しか」

「惚れた亭主どののことゆえ、何ごとも知っておきたい一念です」

「このところ新兵衛長屋は異変続きだ」

「新兵衛様の神隠しに続いて、お夕さんと駿太郎が拐されたことを申されておられますか」

「いかにも」

「赤目様、新兵衛様とこたびの一件は謂れが別口でございます」

「いかにもさよう」

「他にもなんぞございましたか」

「旧主の久留島通嘉様に呼ばれ、いささか面倒なことを頼まれたが、こちらはどうやら目途が立ちそうじゃ」

「どのようなことでございます」

「これもまた世俗の話じゃぞ」

小籐次はおりょうの微笑む顔を見て、森藩に降りかかった話の全容を告げた。

「愚かな者たちでございますな」

「豊前屋儀左衛門なる商人のことか」

「いえ、小倉藩小笠原家の家老どのらを含めての話にございます。天下の赤目小籐次を五百両などという安値で取引きの材料にしようなど、愚かなる話にございます」

「五百両は大金じゃぞ、おりょう様」

おりょうが笑った。

「いかにも五百両は大金にございます。されど赤目小籐次様につける値ではございますまい」

「ちと安いか」

「わが亭主どのは、己の価値をご存じございません。何万両にても安うございます」

「それは無理じゃぞ、おりょう様」

「いえ、真の話です。とは申せ、赤目小籐次様はおりょうの大事な亭主どの、だれにもお渡し致しません」

「長屋暮らしの爺には勿体なき話じゃのう」

小籐次がいささか戸惑った体で洩らし、

「赤目様、新兵衛様の一件、お夕さんと駿太郎の件、さらには久留島家の面倒は偶さか重なった出来事にございましょう。一つひとつ目途をつけていくことです」

「久留島家の面倒、終わっておらぬとおりょう様は考えられるか」

と応じた小籐次は、

「確かに五百両の借金を森藩は返しておらぬな」

「それを赤目小籐次様が引きうけなされた」

「どこにも五百両などという金子はない」

「ございませぬな」

とおりょうが平然と答え、

「赤目小籐次様は茶を知らずして茶の心を承知の達人にございます」

「おりょう様、わしは茶の心など知らぬぞ」

「利休様が茶の心は、『四規七則《しきしちそく》』と指摘なされました。四規とは、他者を大切に慮《おもんぱか》り、己の心を鍛えよということでございましょう。赤目小籐次様は常々実践されております」

「四規のう、七則とはなんじゃな」

「赤目様、七則は別の折にお話し申します」

と笑みで応じたおりょうが、

「わが亭主どの、最前の一件、先様から声がかかった折にお考えになればよいことです。相手が動いてくれるなれば、こちらの思う壺にございます」

と言い切った。

「おりょう様と話しておると、気が落ち着いてくるのはなぜであろうか」

と自問する小籐次を見たおりょうが、

「本日はしばしすべてを忘れておりょうと夕餉など食しましょう。かようなときは慌てぬことです」

「泰然自若か」

「はい、そのとおり。さすれば先方から赤目小籐次様の前に必ずや首を差し出して参られます」

「おりょう様の言葉を信じようか」

小籐次が須崎村の望外川荘の船着場から小舟を出したのは、五つ（午後八時）過ぎの刻限だった。舟にはクロスケが乗っていた。駿太郎らを探すために小籐次がおりょうに断わり、借りてきたのだ。

珍しく酒は飲んでいない。

おりょうも小籐次の気持ちを察して勧めなかった。

皓々とした月明かりが隅田川の流れを照らしていた。

夕涼みの船が賑やかに往来する流れに小舟を乗せてゆっくりと下っていく。小籐次は小舟の艫《とも》に座して、櫓を片手でゆったりと使った。

吾妻橋を潜った辺りからか、早船が小籐次の小舟に従ってくることに気付いた。

だが、竹とんぼを二つ差し込んだ破れ笠の紐を締め直した小籐次は、知らぬ顔で小舟を流れに任せていた。

御厩《おんまや》之渡しを過ぎ、両国橋、新大橋、永代橋と潜り、大川河口に差し掛かり、ようやく立ち上がった。

初めて大川を下るクロスケは大人しかった。舟が怖いのかと小籐次は思った。

早船は相変わらず半丁ほどの間をあけて従っていた。

波と大川の流れがぶつかり、大川河口を塞ぐように立地する石川島と佃島が、さらに複雑な潮流を作っていた。

小籐次は、櫓を巧みに操り、鉄砲洲へと小舟を寄せて、岸辺伝いに築地川へと小舟を乗り入れた。慣れた水路だった。

右手は尾張藩の蔵屋敷、左は浜御殿の石垣で波が消えて、穏やかな流れに変わった。

うしろから来る三丁櫓の早船が一気に間合いを詰めてきた。

浜御殿の西北の角に大手御門があって、対岸の豊前中津藩奥平家の上屋敷の間に橋が架かっていた。

うしろの早船から提灯の灯りが回されると、石垣にひっそりと止められていた船が小籐次の小舟を塞ぐように築地川に姿を見せた。

小籐次の小舟は、二隻の早船に前後を挟まれたかっこうになった。

破れ笠の縁を上げた小籐次は、二隻の船が間合いを詰めてくるのを確かめた。

二隻の船には五、六人ほどが乗っていた。前後の早船が十数間と間合いを縮めた。

うしろの船の舳先に立ち上がった影が弓に矢を番《つが》えた。

クロスケが立ち上がり、吠えた。

「クロスケ、大人しくしておれ。どうせ雑兵であろう」

小籐次は、破れ笠から竹とんぼを摑みとると、櫓に片足をかけて固定し、両手で竹とんぼの柄に勢いよく回転をつけて放した。

竹とんぼは、いったん水面近くに下りて、闇の中流れの上を飛翔していく。

そのとき、弦の音がして矢が放たれた。

櫓にかけていた片足に力を入れて水を搔き、浜御殿の石垣へと小舟を大きく曲げた。

矢が小籐次の肩口すれすれに飛び、小籐次の片手が虚空を躍って飛び去ろうとする矢を、ぱあっ、と摑んだ。

早船の弓手が罵《のの》り声を上げて、新たな矢を番えようとした。

その瞬間、水面を飛翔していた竹とんぼが、
ぐいっ
と上昇に転じて弓手の顔を襲った。

竹とんぼの先端は、まるで鋭利な刃のように小籐次が削って尖らせていた。回

転する二つの先端が弓手の顎から頬を裂いて、弓手は弓と矢を手にしたまま、悲鳴も上げる暇もなく御堀に落水した。

竹とんぼに襲われたなどと気付いた者はだれもいなかった。それでも二隻の早船が小籐次の小舟を浜御殿の石垣に押し付けるように囲んだ。

二つ目の竹とんぼを右手で抜いて指に挟んだ小籐次は、小舟にしゃがむと棹を摑める体勢にした。

「赤目小籐次ね」

立ち上がった西国訛りの町人が問うた。大きな男だ。

その傍らに頭巾を被った武家が座っていた。

小籐次は推測がついた。

「いかにも赤目じゃが、そなたがこの赤目小籐次をわずか五百両の担保《かた》に小倉藩に売り渡す悪巧みを凝らした、小商人の豊前屋儀左衛門じゃな」

「赤目小籐次、許さんたい」

「戯《たわ》け者が、赤目小籐次を甘くみるでない」

「わが殿を震え上がらせた手とはなにか」

愚かにも頭巾の武家が尋ねた。

「まさか、そなた、小倉藩江戸家老渋谷恒義どのではあるまいな。小笠原忠固様に恥の上塗りをなす所存か」

頭巾の相手がぎくりと身を竦めた。

「おのれ」

図星であったか、頭巾の武家が吐き捨てた。

二隻の船から何本かの槍が突き出された。だが、家臣たちはこの先どう対応すべきか迷う風情があった。

「ご家老、始末をつけてご覧に入れます」

豊前屋儀左衛門が懐から南蛮渡来の短筒を抜き出した。

小籐次の指が竹とんぼの柄を捻り上げると、無灯火の小舟と早船の間を一気に飛翔し、不意打ちに豊前屋儀左衛門の頰から眼を切り裂いた。

ぎえぇっ！

と叫んだ儀左衛門の指が短筒の引き金にかかり、銃声が響いて銃弾が浜御殿の石垣を穿った。そして、船に尻餅をついた儀左衛門が、

「目が見えん、見えんばい」

と喚きながら騒いだ。

二隻の船の槍を持った武士の三人ほどが立ち上がり、穂先を小籐次に狙いを定めた。

「渋谷恒義どの、公方様のおられる江戸府中で短筒を放った町人といっしょにおった武家の身許、大目付が大いに関心を持ちましょうな」

「うっ」

と頭巾の渋谷が言葉を詰まらせた。

「渋谷どの、よいか。一隻の船に乗り移り、早々にこの場を立ち去られるのがよかろう。ただし豊前屋儀左衛門はもう一隻に一人だけ残してもらう。この者、南蛮渡来とおぼしき短筒を所持し、わしに向けて射ったご仁じゃでな、町方に身柄を渡す」

「そ、それは」

「そなた、この者と一蓮托生と申されるか。ならば、同道なさるもよし、わしは構わぬ」

「困る、迷惑じゃ」

「迷惑うんぬんはこちらが申すことよ。わしが与り知らぬところでわが旧主を強制し、わしを小倉藩小笠原家に五百両で身売りをさせようとしたのじゃからな。

この一件の諸々が表に出れば、わが旧主の藩財政が窮乏していることが世間に知れよう。それ以上に恥を搔かねばならぬのは、西国の譜代大名小倉藩の立場ではないか。そなたも江戸家老などと安閑としておれまい。腹の一つも搔き斬らねば始末がつくまい。豊前屋と行をともにするもよし、知らぬ振りを為すもよし、選ばれよ！」

小籐次の大喝に渋谷の虚勢が崩れた。

船の中で小籐次に向い平伏した。

「赤目どの、なにとぞこのこと内々に願いたい」

渋谷が恥も外聞も捨てて小籐次に願った。

「ゆえに一隻の船に乗り、早々に神田橋御門内の屋敷に立ち去られよと言うておる」

「はっ」

渋谷らが豊前屋儀左衛門を残してもう一隻の船に乗り移った。

「これにて失礼をいたす」

「待たれよ」

小籐次が、豊前屋が苦悶して転げまわる早船に小舟を漕ぎ寄せながら言った。

「なにか」

「森藩にこの者が貸した五百両の証文と明礬運上の書付、だれが持っておるな」

「それは豊前屋が常に懐に所持しておると存ずる」

「たしかか」

「そなたの身柄が当家に移る折まで、豊前屋はわれらに見せただけで手放そうとはしておりませぬ」

「小倉藩江戸家老渋谷恒義どのの言葉信じよう。違《たが》えた折は、今宵の一件、読売にして江戸じゅうに知らせる」

「そ、それはなりませぬ」

「しかと間違いないな」

「ござらぬ」

「よし、あとの始末は任されよ」

小倉藩の江戸家老と藩士を乗せた早船が、築地川から御堀へと急ぎ漕ぎ上がって消えた。

小籐次はしばらく間を置くと小舟を早船の艫に結びつけ、早船に乗り移った。まず南蛮渡来の短筒を拾い、豊前屋の手の届かぬところに投げた。

「た、助けてくれんね。い、医者ば呼んでくれんね」

「医者の前に為すべきことがないか」

小籐次はゆっくりと早船の櫓を漕いで、築地川から御堀に入っていった。すると汐留橋際の屋台の灯りが眼に止まった。

「な、なんばすっとね」

「懐にある五百両借用の書付と明礬の権利書きを拝見しようか」

「見せるだけでよかとね」

「早くせぬとそなたの眼、両方ともに不自由になろうな」

豊前屋が懐から油包みを出した。

小籐次が受けとり、

「魚田の親父、おるか」

と水上から怒鳴った。そして、クロスケに見張っておれと命じた。クロスケが
小籐次の言葉が分ったように豊前屋を睨んで、ううっ、と唸った。

「酔いどれ様、どこに雲隠れしていたんだよ」

勝五郎が姿を見せた。

「いささか別件を片付けておった。勝五郎さんや、難波橋にひとっ走りして秀次

親分にわしがこれから伺うと注進してくれぬか」

「読売のネタになりそうか」

「さあてな、この者が南蛮渡来の短筒を撃っただけの話ゆえな、あまり大きな話にはなるまいよ」

「小ネタだな、よし、おれは先に難波橋に行っているぜ」

勝五郎が駆け出し、

「親方、灯りを貸してくれぬか」

と魚田の親方に願った。

「最前、雷みてえな音がしたが、短筒の音だったか」

「ああ、長崎辺りの抜け荷の品かのう」

石垣から灯りが下ろされ、小籐次はそれを受け取ると油紙の包みを解いて書付を確かめた。

「豊前屋儀左衛門、どうやらほんものの書付のようじゃな」

「戻さんね」

痛みを堪えた弱々しい声で豊前屋が言った。

「そなた、勝手にわしの名を使い、商売をしようとしたな。そのお代を頂戴せねばな」

小籐次は灯りに書付を突き出して火をつけた。

「な、なんばしよっと」

「そなたの証文を燃しておる。今晩から番屋止まりの身には要るまい」

「あああ」

豊前屋儀左衛門の悲鳴が汐留橋に洩れ、小籐次は燃やした書付を水に放り入れた。そして、おりょうのお告げは確かじゃなと思いながら、灯りを親方に戻し、早船を上流へと漕ぎ上がっていった。

第五章　研ぎと黒呪文

一

駿太郎は、だんだんと口数が少なくなるお夕のことを案じていた。

お夕は、二人が拐された当初駿太郎の身を必死に案じていたが、昼なのか夜なのか区別がつかない刻限が流れていき、

「駿太郎さん、ご免ね。お父つぁんの得意先に付いてきたばかりにこんな目に遭わせてしまって」

と言いながら涙を流すことが繰り返されるようになった。

「お夕姉ちゃんのお父つぁんのせいではないかもしれぬぞ」

「じゃあだれのせいよ」

「これはな、父上のせいでこんなことになったのかもしれぬ。だから、きっと父上が、赤目小籐次がわたしたちをたすけにくるぞ。それまでのしんぼうだぞ、お夕姉ちゃん」

とその度に励ましたが、お夕はだんだんと無口になってきた。

桂三郎とたちばな屋の番頭に連れられて神田川の対岸、昌平坂学問所の西側の武家屋敷に向った。大身旗本の拝領屋敷が軒を連ねる御弓町の、とある屋敷に通用口から入った。

駿太郎は、そのとき、屋敷の様子がなんとなく、

（落ち着かない）

ことに気付いた。

なにがどうというのではない。

門番も三人ほどいた。たちばな屋の番頭と桂三郎を式台の前で迎えた用人風の武家もいた。だが、なんとなくだが、人の暮らしがうすいような感じを子ども心にもったのだ。

草蔵と桂三郎は奥に通されたが、子ども二人は玄関脇の供待ち部屋で待たされた。その部屋もきれいに掃除がなされていたが、やはり人の匂いというか、使い

込まれた風はなかった。

格子が嵌《は》められた部屋の窓の向こうに夾竹桃の赤い花が陽射しを浴びて、さらにその向こうに表門の内側が見えた。そして、門番たちが所在なげに立っていた。

「なんだか寂しいお屋敷ね」

お夕もそのことを感じたらしくそう呟いた。

「お屋敷はひろいぞ、それに新兵衛長屋のようにさわいではいけないのだ」

「それはそうだけど」

お夕は畳を指先で触った。畳替えしてそう日にちが経っていない感じがした。

「声がなにもしない」

お夕の呟きが続いて洩れた。

格子窓の向こうに赫々とした夏の光が落ちて、赤い夾竹桃の花だけが存在を誇示していた。

二人が供待ち部屋に入って半刻が過ぎたか。

「そろそろお父つぁんたちが戻ってくるわ」

「ああ、番頭さんともどってきたらはやく長屋に帰ろう」

「駿太郎さん、帰り道、お父つぁんがお蕎麦を食べさせてくれると言っていたわ。

侍姿の駿太郎さんは蕎麦屋に入っちゃいけないかな」

「蛤町のたけやぶ蕎麦でたべたことがあるぞ」

「ああ、深川の竹藪蕎麦は、赤目様の得意先だものね」

「駿太郎はお屋敷そだちでなくてよかったぞ」

「私もだめ、もっと賑やかなところがいいわ」

「お夕姉ちゃんも駿太郎も新兵衛長屋育ちだもんな」

「もうそろそろ奉公に出なければいけない齢よ。でも爺ちゃんの世話があるから、私、家にいるの」

新兵衛が姿を消してどれほどの日にちが経ったのか。

駿太郎は、新兵衛の名を出してはいけない気がしてなにも応えなかった。

「私、お父つぁんのように物を創る仕事がしたい」

「父上の桂三郎さんにおそわればいい」

「お父つぁんは女は錺職人にはなれないというの」

「なぜか、職人さんには女はなれぬか」

「そうなんだって」

「ふうーん、駿太郎は父上とおなじ侍になるぞ。研ぎもならうぞ」

「駿太郎さんはもっとえらいお侍さんになるの」

「父上はえらくないか」

「赤目様はだれよりもえらい。でもうちの長屋に暮らしているわ。駿太郎さんはお屋敷に奉公するお侍になるのよ」

「お屋敷か、こんなところに奉公するのはいやじゃ」

駿太郎が答えたとき、表門が左右に開かれて供を連れた乗り物が二丁入ってきた。門はすぐに閉じられ、乗り物は式台の前に止まったようだが、供待ち部屋からは見ることはできなかった。

「殿様がもどってきたのか」

「分らない」

二人は格子窓に身を寄せて外を覗《のぞ》こうとした。

そのとき、駿太郎は帯の間に竹笛をはさんでいるのを一瞬目に留めた。

奇妙な空気が供待ち部屋に漂った。

ふわっ
と天井から人の気配がしたかと思うと、黒い布がお夕と駿太郎の体を包み込み、布の内側にはなにか薬でも塗ってあるのか、二人は一瞬にして意識が薄れていった。

その瞬間、駿太郎の帯の間から竹笛が座敷の隅の畳に転がった。

次に二人が気付いたのは、水音が響く蔵の中だった。

「お夕ちゃん、姉ちゃん」

駿太郎が呼ぶとお夕が動く気配がした。

「どこにいるのか」

二人は蔵の柱に背中合わせに縛られていた。

「なにがあったんだ。頭がいたいぞ」

「きっと薬のせいよ」

「くすりってなんのくすりだ」

「駿太郎さんと私が騒がないように薬で眠らされたのよ」

お夕が長いこと考えた結論だった。

「ここはお屋敷とちがうのか」

「別のところに連れてこられたみたい。きっとあの乗り物に乗せられて連れてこられたのよ」

いた。


「もう父上とあえないのか」

「会えるわよ。私が会わせてあげる」

お夕はだいぶ前に意識を取り戻していたのか、柱に縛られていた縄目を緩めていた。

「駿太郎さん、紐を引っ張ってみて、駿太郎さんなら手が抜けるかもしれないわ」

お夕の言葉に駿太郎は体をもぞもぞと動かしてみた。蔵の上に風抜きの窓があって光が差し込んできた。蔵の中のせいか、ひんやりとしていた。

「ぬけたぞ」

駿太郎が歓喜の声を上げ、お夕も緩んだ縄から身を解放させた。

二人は風抜き窓からの光を頼りに蔵の中を見て回ることにした。蔵の入口に水が入った水甕があって、竹柄杓も添えられてあった。

「どくが入ってないか」

「駿太郎さん、私たちを殺すのならば、とっくに殺していると思わない」

お夕の言葉に頷いた駿太郎はまず竹柄杓で水を汲み、少しだけ口に含んでみた。

冷たくて美味しかった。

「お夕姉ちゃん、新兵衛長屋の水より美味しいぞ」

竹柄杓を渡すと、お夕が柄杓に半分ほど水を汲んで飲んだ。

さらに蔵の薄明かりに慣れた二人は、蔵の探検を続けた。

蔵の奥には地下蔵があった、梯子段があって、一間半ほどの地下蔵の壁は石積みで逃げ場がどこにもなくがらんとしていた。物が保存されなくなって長い年月が経過しているようで、湿った臭いが漂ってきた。

「お夕姉ちゃん、しっこしたくなったら、穴に下りればいいぞ」

「私、がまんする」

「いつまでここにいるのかな」

「赤目様は私たちがここにいることを知らないわ」

不意にお夕の声が泣き声になった。

「父上はかならず駿太郎と姉ちゃんをさがしだすぞ、それになにわ橋の親分も母上もおる。きっとたすけがくるぞ。それまで駿太郎がお夕姉ちゃんをまもる、やくそくするぞ」

「ありがとう」

お夕が答えて声を立てずに泣いた。

駿太郎は独り梯子段で地下蔵に下りて、端っこに行き、小便をした。せいせいして梯子段を上り、二人はさらに蔵の中の探検を続けた。

蔵の奥半分には二階の床が張られていたが、二階への梯子はどこにもなかった。一階の長持ちの蓋を開けてみたががらくたが入っているだけだ。

駿太郎ががらくたを探っていると、手槍か錆びた穂先が出てきた。刀をとられた今、長さ、四寸五分ほどの穂先はただ一つ頼りとすべき武器だった。

「お夕姉ちゃん、穂先を研げば得物になるぞ」

二人は縛られていた柱の下に戻り、床に座した。槍の穂先は柱の背に隠した。

「はらが空いた」

「駿太郎さんはお侍よ」

「ああ、でも、はらが空いた」

二人は柱にもたれかかるようにしていたがいつしか眠っていた。

次に駿太郎が眼を覚ましたとき、蔵の入口に蠟燭の灯りが灯されて、握り飯と漬物がおかれてあった。

「お夕姉ちゃん、おきておるか」

「おきているわ」

「握りめしがあるぞ、食べよう」

二人は緩めてあった縄を抜けると握り飯に這い寄った。塩むすびで中に梅干が入っていた。

その瞬間、蔵の暮らしが長くなるようだと、お夕も駿太郎も覚悟した。

二つずつあった握り飯を食い、また水を飲んだ。

「お夕姉ちゃん、駿太郎がたすけてやるからな、いまはしんぼうがまんだぞ」

小籐次の口真似をしてお夕を慰めた。

日に二度、いつの間にか食べ物が蔵の入口に置かれてあった。

蔵の中に差し込む光の変化で一日が過ぎていくのが分った。

駿太郎は、蔵の中を歩き回り、体を動かして、時には槍の穂先を地下蔵の石壁で磨き、それを手に打ち込みの稽古をした。

そんなとき、だれかが見詰めているような気がした。だが、どこからだれが見張っているのか、駿太郎には分らなかった。ところがある日、白い着流しの武家とも町人ともつかぬ男を見た。髷も白かったがそう年寄とも思えなかった。一瞬だけで姿を消したが、駿太郎はこの人物がこの者たちの頭分と推測した。

光が差し込んで朝を迎え、長い日中を我慢すると夕方になり、夜を迎えた。

常に変わらぬのは、

どんどんどん

と水が落ちるような響きだった。

二人は知らなかったが、神田川上流で外堀と江戸川の流れが合流する船河原橋下の堰《せき》、里人が、どんどんと呼ぶ近くの、無人の御家人の蔵に閉じ込められていた。

日にちがどれほど経過したのか、段々とお夕にも駿太郎にも分らなくなっていた。

駿太郎はお夕が、蔵の隅にいって、手を合わせているのを見ていた。きっとだれかに助けを求めているのだと思った。あるとき、お夕の言葉が駿太郎の耳に届いた。

「じいちゃん、駿太郎さんと私を助けてください」

お夕は神隠しに遭った新兵衛に助けを求めていた。そんなことがあってから、お夕が急に無口になったのだ。

駿太郎は、蔵の中で一日の動きを決めて守ることにした。

その日、夕餉に野菜の煮つけがついた。握り飯と野菜の煮つけを食べ、水を飲んだ。だが、お夕は食べ物に口をつけなかった。

「お夕姉ちゃん、食べないのか」

「食べたくない」

「だめだぞ、たべないと力がでないぞ、桂三郎さんにもおっ母さんにもあえないぞ」

駿太郎に説得されたお夕がしぶしぶと握り飯と野菜の煮つけを半分ほど食した。

その夜、二人はすとーんとした眠りに落ちた。そして、ふたたびどこかへ運ばれていくような記憶がお夕の頭に刻まれた。


小籐次は行灯の灯りを頼りに、愛剣の備中国刀鍛冶次直が鍛造した二尺一寸三分を研いでいた。

戦国時代先祖が戦場《いくさば》で拾ってきた逸品であった。それが代々伝えられてただ今は小籐次の差し料になっていた。

夜半を過ぎたころ、腰高障子の向うに人影が立った。すると、長屋のせまい土間に設《しつら》えられた寝床でむっくりとクロスケが起き上がった。だが、吠えなかった。

小籐次は、刃を古布で拭い、

「どなたかな」

と尋ねた。

すうっ、と障子が開くと、老中青山忠裕の女密偵おしんが額に汗を光らせて立っていた。土間に黙って入ってきたおしんは、

「阿波津屋敷にやつらが戻ってきました」

と密やかな声で告げた。クロスケがおしんの匂いを嗅いで、

「味方」

と判断したか、また寝た。

「ほう、おしんさんは阿波津屋敷を見張ってくれていたか」

「いえね、この一件を赤目様からお聞きしたとき、阿波津家がなぜ断絶したか、気に掛かったものですから、新八様と調べたんでございますよ。道々話は致します、急ぎお仕度を」

とおしんが願った。

「援軍来たりか」

と呟いた小籐次は、暫時待ってくれぬかと頼むと、洗い桶の洗い水を長屋のどぶに流して、仕上げ砥数種を空になった桶に入れ、小脇に抱える前に仕上げを残

した次直を鞘に納め、腰に差し落とした。さらに懐に駿太郎が残していった竹笛を入れ、隠し棚の中から孫六兼元を出すと脇差のように差した。矮軀の腰に次直と兼元の名刀が田楽の串のように落とし込まれた。

その様子をおしんが黙って見ていた。

「待たせたな」

行灯の灯りを吹き消した小籐次がさらに研ぎ道具を抱えた姿を見ても、おしんはなにも言葉を発しなかった。

「クロスケ、出番じゃぞ」

小籐次の声にクロスケが起き上がった。

小舟におしんとクロスケを乗せ、研ぎ道具を積み込むと舫い綱を解き、棹先で石垣を押すと、堀留から御堀へと向った。

「阿波津の家系は、三河以来の影御用、代々の将軍家直属の雑賀《さいが》衆の流れにございました」

「やはり影の者であったか」

「伊賀衆、甲賀衆の大半が幕府の役職、御目見の両番格、御目見以下小十人格、添番、伊賀などに就き、奉公者になっていくとき、雑賀衆の阿波津家は、城外に拝領屋敷を頂戴し、将軍家の影御用を勤めてきたと推測されます。ところが四年前、阿波津光太夫芳直が家斉様の勘気を被って御家取潰し、光太夫は切腹の沙汰が出た夜に一族郎党を引き連れて、阿波津一族の姿が掻き消えたそうでございます」

「さような沙汰が出たのだ。阿波津の屋敷は、役人衆が警戒していたであろうな」

「むろん竹矢来で屋敷の表も裏も囲われていたにも拘わらず、掻き消えたのです」

「影御用を勤めていた家筋ならば、その程度の手妻は、朝めし前であろう。で、阿波津の当主光太夫が家斉様の勘気を被った仔細は分ったか」

「いえ、わが主にも相談致しましたが、さすがに殿もご存じございませんでした。ただ私から話を聞いて長いこと思案されたのち申されました」

「忠裕様は、なんぞわしに言付けか」

「新八様と私に、全力で赤目小籐次を助けよという命がございました」

「先日来、忠裕様は爺にえらく親切じゃな。むろんそれだけではあるまい」

「お察しのとおり今一つございます」

「阿波津光太夫芳直が生きておるならば、きっちりと始末致せと命じられたか」

「さすがに赤目小籐次様、殿のお気持ちをよう察しておられます」

「旧藩をめぐる借りもこれで帳消しじゃな」

「赤目様と老中の間には貸し借りなどございません」

「助けたり助けられたりは、わしが生きておるかぎり続くというわけか」

「あるいはわが殿が職を辞されるときまで」

「いささか因果なことよ」

「赤目様、ただ今はお夕ちゃんと駿太郎さんを助けることが先決にございます」

おしんの言葉に首肯した小籐次は、櫓に力を入れて築地川から江戸の海へと出ていった。

「おしんさんや、お夕ちゃんと駿太郎を連れて阿波津一族は御弓町の屋敷に戻ったとみてよいな」

「乗り物が五つばかり門内に消えていきましたゆえ、おそらくあの乗り物の二丁に二人が載せられているものと思えます」

「一族郎党は何人か」

「二十数人と見ました」

「代々の影御用二十数人に、われらは三人か」

「新八様と私はお夕ちゃんと駿太郎さんの救出に全力を注ぎます。ゆえに阿波津一族二十数人と赤目小籐次様一人《いちにん》の勝負にございます」

「よう平然と言いおるな、おしんさんや」

「御鑓拝借の赤目様なれば必ずやり遂げられます」

と応じたおしんが波に揺られる小舟の中で泰然と座したまま、最後に一つと言い出した。

二

小籐次の漕ぐ小舟は、大川河口をぬけて永代橋を潜ろうとしていた。月明かりが一瞬橋下の闇に消えて、小舟が潜るとまた蒼く明かりが戻ってきた。

「赤目様は、阿波津家が取潰されたあと、あの屋敷を火事場見廻の脇坂多聞様がわずかな間、拝領されたことをご存じでしたね」

おしんが小籐次に問うた。

「わずか半年で元の屋敷に戻られたご仁じゃな」

はい、とおしんが答え、

「脇坂多聞様の用人に会いましてございます」

「さすがはおしんさん、手際がよい」

小篠次が感嘆し、おしんが月明かりに微笑んだのが分った。

火事場見廻は、正しくは寄合火事場見廻という。寄合と冠されるように無役の旗本から選ばれた。

役目は火事が起こったとき、火事場に赴き、風下にある万石以上の屋敷を見回って、大名家が身上相応に人数を出して機敏に火の拡大を防いでいるかどうかを見届けるのが勤めだ。さらに火事場での消防指揮にあたり、鎮火後にはその経過を見定めるのも役目だった。この役ができた当初定員は六名であった。それが享保九年以降は武家方だけではなく、寺社、町方にも指図するようになり、享保十八年からは定員が十名になり、二人ずつ五組に分かれて出動する決まりになった。

火事場見廻には役料はつかなかった、つまり役職とは言い切れなかった。だが、これらの出役の活動が幕府に認められると役料付きの役職、使番や定火消《じょうびけし》に進み、無役からぬけることができた。

「脇坂多聞様の旧邸は、日光街道の駒込《こまごめ》外れにございまして、江戸市中の出火の折、駆け付けるのに不便でございました。ために幕府に再三の願いの末に御弓町の旧阿波津屋敷に移られることを許された経緯がございます。敷地も二千七百坪を越える広さで申し分のない屋敷でした。ですが、なぜか半年あまりあとに駒込外れの旧邸に戻られました。佐々木用人は、なかなか正直に話してくれようとはなさりませんでしたが、私が老中青山忠裕の名を出すにおよび、重い口を開いてくれました」

「……まさか女子のそなたが老中青山様の奉公人とは考えもせなんだわ。ふたたび旧邸に戻った経緯は話すが、世間に身どもの話が広がるようなことだけは避けてくれぬか。脇坂家の今後に関わるかもしれぬでな」

「用人様、子ども二人の命が関わることゆえ、かく参上した次第でございます。脇坂家に迷惑がかかるようなことは決して致しませぬ」

「なに子どもの命が危機に瀕しておるか。あの屋敷なれば、むべなるかなじゃな」

用人は得心したように首肯し、

「とあらば話すことに致す。そう、引き移った当初は敷地も広く、神田川にも昌平坂学問所にも近く、よいところに屋敷替えが出来たと主従ともども喜んでおった。ところが二月もしたころから、屋敷内にわが脇坂の者の他になにものかが住んでおるとの妙な噂が台所の下女などからし始めた」

「ほう、それは」

「そんな噂はすぐに屋敷の内外に広まるものでな、身どもの耳にも入った。そこで台所の下男下女を集め、きつく叱りつけたのじゃが、奥でも主の家族がしばしば悪寒に見舞われたり、夜に廊下を歩く足音がしたりするようだ、調べよと主に命じられて、家臣の屈強な者を募り、屋敷じゅうを探索してみたり、夜回りをしてみたりした。だが、脇坂一族と奉公人の他に住まいしている様子は格別にないじゃが、その夜のことじゃ、敷地内を探索した者たちが高熱を発し、わけの分らぬうわ言を一晩じゅう喚いてお医師を呼ぶ騒ぎになった。もはや、手を拱《こまね》いているわけにもいかず、神田明神の神官を願い、お祓《はら》いをしてもらい、異変を鎮めたのじゃ」

「鎮まったのでございますか」

「お祓いをしてもらった当初はな。だが、十日もすると同じことが起こった。そのうち、跡継ぎの精一郎様が熱を発して床に就かれる事態が生じた。お医師も風《ふう》邪《じゃ》でもいささか容態が違うと申され、首を捻られるばかり、このままでは精一郎様の命さえ危ないというので奥方様の実家に精一郎様をお移ししたところ、元気を取り戻された。そんなことでな、殿があれこれと別の理由をこしらえて幕府に願い、旧邸に戻してもらったのだ」

「旧邸に戻られたご一族とご家来衆に、それ以上の異変は起こりませんでしたか」

「訝しいことに皆が元気を取り戻し、夜はよく眠れるようになり、食も増した。いやはや奇怪な体験であった」

「用人様、なにが旧阿波津屋敷では起こったのでございましょう」

「阿波津家は御家取潰しになったというが、阿波津の未練があの屋敷に残っておるのではないか。ために新しく引き移ってきた身どもらにいたずらを為したのではないか。ともかくじゃ、夜寝ていても、寝床の下から、いや、地中からぞくぞくするような寒気が這い上がってきて身に取り憑く、ために寝た気などせぬのじゃ。女子供が怯《おび》えるのも無理からぬ話であった」

「その他に異変は、ございませんでしたか」

「脇坂の家では代々屈強な番犬を三匹飼ってきたのじゃが、御弓町の屋敷にも伴った。その犬たちが一匹二匹と姿を消していった。最初は屋敷の外に逃げ出したかと思うた。だがな、三匹目の喉を掻き斬られた骸が稲荷社の前に転がされているのを見て、犬たちも阿波津の悪霊に食い殺されたかと思わされた。さようなことが重なった上で、あの屋敷から退転したのだ」

「……とかいうような話をしてくれました」

「脇坂多聞様はお気の毒であったな」

「ただ今、若様も元気を取り戻された由、御弓町はなんとも相性が悪かった、だれ一人として取り殺されなくてよかったと、佐々木用人様は安堵の様子でした」

小籐次はおしんの話に勇気付けられた。

小舟はすでに両国橋を潜り、神田川へと舳先を向けて入っていった。

「おしんさんはどう思う」

「阿波津一族の未練がなす悪戯か、魔性のなんぞかが棲み暮らしておるのか、決めかねております」

「転宅してきた脇坂家を追い出した者たちが、わが長屋の桂三郎さんを名指しで小間物屋のたちばな屋の番頭ともども注文と称して呼びつけ、それに伴ったお夕ちゃんと駿太郎を拐すのは余計なことであったな。赤目小籐次に用なれば、それがしを呼びつければよきこと」

「人が為す所業、赤目様に関わることと申されますか」

「いささか迂遠な策ではあるがそうとしか思えぬのだ。阿波津家にどのような秘法が伝わっておるかしらぬが、なんとのう強欲に駆り立てられての所業と思える」

「どうなされますな」

「ただ今のところ思案はない。まあ、阿波津屋敷にて考えようか」

小籐次はおしんに応えた。

刻限は八つの頃合いか。

次直と兼元を二本差しにした小籐次は、小舟をふたたび水道橋下の土手に舫い、研ぎ道具を抱えておしんとクロスケといっしょに土手を上った。

御弓町の旧阿波津邸の門前に二人が辿りつくと、どこからともなく中田新八が姿を見せた。

「新八どの、造作をかける」

「江戸府内の拝領屋敷に悪い風聞が立つのは、幕府にとってもよいことではございますまい。殿は、赤目小籐次に存分に退治してもらえ、と申されておられました」

　青山忠裕も中田新八も、なんとなくこの奇妙な出来事の背後に悪巧みがあることを察しているようだと、小籐次は思った。

「お夕ちゃんと駿太郎が行方を絶って八日ばかり日にちが過ぎた。これ以上は待てぬでな、いささか荒療治を覚悟せねばなるまいて」

「老中は、火が出ることを恐れ、密かに定火消を近くの屋敷に待機させておられます。ゆえに赤目様には存分に来島水軍流の技を発揮せよとも申されました」

「お夕ちゃんと駿太郎さんの二人は、私どもがなんとしても助け出します」

　と新八とおしんが口々に言った。

「願おう」

　と答えた小籐次は、

「ご両人、魑魅魍魎《ちみもうりよう》は闇の地中に巣食うておるのが相場、お夕ちゃんも駿太郎もこの屋敷に囚われているならば、その辺りであろう」

「佐々木用人も地中から寒気が伝わってくると申しておりました」

　おしんの言葉に頷いた小籐次は懐から竹笛を出しておしんに渡し、

「二人の居場所まではクロスケが案内しよう。それでも分らぬときは、この竹笛を吹いてみよ。居るなれば必ず応答があろう」

「妖しげな者どもを目覚めさせませぬか」

「新八どの、そやつどもはそれがしが惹《ひ》き付ける」

小籐次は研ぎ道具を抱えて、旧阿波津邸の通用戸を押し開いた。


四半刻後、小籐次は桂三郎と草蔵が奥方と姫様と面談し、嫁入り道具の注文を聞いたという御座間の真ん中に水を張った洗い桶を据え、仕上げ砥石を前にして研ぎ場を設けた。隣りの祝いの間は襖で仕切られていた。

左手に濃州の刀鍛冶赤坂住初代兼元が鍛えた孫六を、鞘から抜いて畳に切っ先を突き立てた。そして、行灯の灯りを頼りに小籐次は研ぎかけの次直に最後の仕上げを始めた。

砥石に向えば、小籐次はそれがどこであろうとただ研ぐことに没頭した。渾身の力をこめ、気を集中して、刃を押し、引き戻した。ために小籐次の周りに目に見えない
「結界」

が形作られていた。

妖しげな気配は、小籐次の没頭ぶりに動きかねていた。

どれほどの刻が流れたか、行灯の灯りが風もないのに揺れた。

小籐次は研ぎ終えた次直を行灯に翳《かざ》した。すると揺れる灯心がふたたび落ち着いた。

ゆっくりと辺りを見回した。小籐次が研ぎから意識を戻したので結界が消えた。

周囲に妖しげな気配が満ち満ちていた。

「赤目小籐次に用なれば、直に申せ」

御座間の床の間になじみの靄が漂い、白髭の男の姿が浮かんだ。手に六尺余の杖を携えて白衣を着ていた。白髪だが、齢は意外と若いと思えた。

「ほう、その方、なりは違うが三河蔦屋十二代目の三回忌法要に参らなんだか」

「見ておったか」

「染左衛門様は、今も人柄を慕われて何千人もの人々が三回忌に線香を手向けに参られた。だがな、そなたの妖しげな風貌はこの赤目小籐次、しかと覚えておった」

「小賢しや」

「何用あってあの場に姿を見せた」

「次なる成田不動の出開帳、この阿波津光太夫芳直が仕切ることにした」

「ふっふっふ」

小籐次の口から嗤《わら》いが洩れた。

「影の者がなにをしでかしたか知らぬが、上様から取潰しを命じられた、闇に身を潜めた阿波津一族、小判が集まる成田不動の出開帳に目をつけおったか。愚かものが」

「愚かじゃと。阿波津一族が徳川家のために流した血の量を知るや、酔いどれ小籐次」

「表であれ、影であれ、私《し》を捨ててこそ奉公ぞ。そなた、なんぞ勘違いをしておらぬか」

「赤目小籐次、そなたは新たな日の出を見ることは叶わぬ」

「十二代目三河蔦屋染左衛門様が五度もの成田不動尊出開帳講中総頭取を勤められたのは、金のためではない。それどころか、深川の惣名主にして酒問屋として蓄財された私財をすべて出開帳のために費消されて死んでゆかれた。この滅私の奉公と不動尊への帰依があるからこそ、三回忌に何千人もの人びとが集い、染左衛門様を追悼したのだ。阿波津某、そなた、銭に目がくらんで出開帳の講中総頭取を勤めようというか、笑止なり」

「赤目小籐次、そなたはわれら一族の企てにとって迷惑千万、死んでもらう」

「ふっふっふ」

小籐次が笑った。

「女、出てこぬか」

床の間の靄に包まれた一角に小籐次が呼びかけた。すると靄が躍って、すうっ
と消えた。

垂髪《すべらかし》に髪を纏《まと》めた着流しの女が立っていた。体からかすかに麝香の匂いが漂ってきた。

「過日は芝口橋上で亀を放生し、なんぞ信心ぶかげな真似ごとをしおったが、そなた、阿波津の血筋か」

「阿波津こひ、娘にございます」

「ほう、女子が感心と思うたが赤目小籐次を眺めに参ったか」

声もなく笑った女が、

「私ども一族もこの江戸にて生きて行かねばなりませぬ」

「暮らしを立てるはだれもが為すべきこと、だが、役者と思える親子を奥方と姫に仕立てて、用が終われば、無残にも殺し、さらには無辜《むこ》の子どもを拐し、赤目小籐次が邪魔ゆえ始末するなど、いささか人倫に悖《もと》る話じゃな。そなたら、赤目小籐次をいささか甘く見ておらぬか」

「さあて、どうでございましょう」

阿波津こひが応じて、片手を上げた。すると御座間の隣りの襖が開かれ、一人の武芸者が立っていた。

小籐次には見覚えがあった。

「荒沢天童というたか。あの折、赤目小籐次を逃したのはそなたの生涯のしくじりやもしれぬ」

「なぜか」

「赤目小籐次、三河蔦屋の十二代目の法会でいささか酒を飲み過ぎた。酔いどれ小籐次も老いたものよ。正直申して、そなたの待ち伏せを知ったとき、赤目小籐次、この世の別れと思うた。そなたは、その機会を逸したのだ」

「江戸に来て赤目小籐次どのの武名高きことに嫉妬を覚え申した。そなたを斃《たお》して夢想一刀流荒沢天童の名を上げ申す」

「よかろう」

小籐次は研ぎ場から立ち上がって、荒沢に向き直った。手には研ぎ上がったばかりの次直がある。だが、それを構えず、切っ先を体の右側、畳に突いて立てた。

すでに孫六兼元が小籐次の左手を守って突き立っていた。

小籐次は抜身の次直と孫六の間に立っていた。手には次直の鞘があった。

「来島水軍流鞘おどし」

荒沢の顔が憤怒に紅潮したが、なにも言葉にしなかった。腰の一剣の鯉口を切ると、

すらり

と鞘を滑らせて抜き放った。

屋内の戦い、荒沢天童は左脇構えに刃渡り二尺五寸を超えると思える豪剣を置いた。

小籐次は、床の間の阿波津こひが、駿太郎の小さ刀を抜いて構えたのを見た。

その瞬間、この屋敷に駿太郎とお夕はいるとはっきりと分った。小籐次の五体に力が漲《みなぎ》った。

「こひ、邪魔するでない」

荒沢天童が制した。その声音《こわね》に小籐次は察した。

「ほう、そなたら、情を交わした仲であったか」

荒沢の脇構えの豪剣がゆっくりと背に回されていく。

小籐次はただ鞘を左手に保持して胸の前に置いた。

荒沢天童の左足が引かれ、腰が沈んだ。

ええいっ！

裂帛《れっぱく》の気合が無人であるべき屋敷を振るわせた。

踏み込んできた。

背に回っていた剣が脇構えに戻り、祝いの間から御座間へと飛び込んできて、荒沢の右手の襖を両断した豪剣が小籐次に向って車輪の如く、弧を描いて迫ってきた。

小籐次は手にした鞘を落した。

荒沢天童はふとその動きを目の端で追った。

次の瞬間、小籐次が畳に突き立てていた次直を摑むと、生死の間合いに飛び込んできた荒沢の喉元に片手で切っ先を撥ね上げた。

切っ先が踏み込んできた荒沢天童の喉元を貫き、荒沢の長身がその場に竦んだ。

小籐次はそれでも光と化して伸びてきた豪剣を避けて、右手に転がった。円弧を描いた刃が空を切り、前のめりに荒沢の体が、

どさり

と斃れ込んだ。

「赤目小籐次！」

と叫んだ阿波津こひが、立ち上がろうとする小籐次に向って小さ刀を手に突っ込んできた。

だが、片膝ついた小籐次の次直がこひの鳩尾に向って突き出されたのが一瞬先だった。

「こひ！」

こんどは阿波津の叫び声が響いた。

そのとき、小籐次は突き立てた孫六兼元の傍らに戻っていた。

三

駿太郎は眠りから醒めていた。

おタは傍らでじいっと身動き一つしていなかったが、眠っているのではないことを駿太郎は知っていた。このところおタは与えられた食べ物を食べられないばかりか、眠れない様子だった。

駿太郎とおタは、どんどん、とつねに水音が響く蔵の中からふたたび移されて、意識を取り戻したときには、また別の場所にいた。

頑丈な牢だが、ひんやりとしていた。こちらは地中に造られた牢だった。

駿太郎は、そのとき、気付いた。

「おタ姉ちゃん、もとの屋敷にもどされたぞ」

駿太郎が話しかけたが、おタはなにも応えなかった。

「父上が助けにくるぞ」

駿太郎は自分に言い聞かせ、太い牢格子の間から辺りを見回した。

行灯の薄灯りに外廊下の床も壁もしっかりとした厚板や太い柱で造られ、黒光りして普請されて長い歳月が経過していることが駿太郎にも考えられた。

立派な屋敷の地下と思えた。桂三郎さんが嫁入り道具の注文を受けた屋敷の地下にもう一つ、「屋敷」があった。

もとの屋敷に戻されたのなら、父上が必ず気付く。

そう確信した駿太郎は、格子のほうへとにじり寄っていった。四半刻も過ぎた頃か、屋敷の中に異変が生じたのが、駿太郎にも分った。

いつもはひっそりと人の動きや気配を消している屋敷に緊張が走った。そのことを駿太郎は感じ取っていた。

物心ついたときから小籐次といっしょに経験してきた数多《あまた》の修羅場が、そのことを駿太郎に教えていた。

「お夕姉ちゃん、父上が助けにきたぞ」

体を丸めて横になっていたお夕が、えっ、と返事をした。そして、辺りを見回していたがまた静寂に戻ったために、また虚脱したように体から力が抜けた。

駿太郎は承知していた。

その静寂は最前までのものとは異なっていた。新たな静寂には緊迫が伴っていた。

駿太郎は緊迫の中に懐かしい「響き」を感じていた。音は聞こえなかったが、そのゆったりとした律動は駿太郎が幼いときから聞いて育った、爺じいの、

「研ぎ」

の音だった。

（まちがいないぞ、近くに父上がおる）

不意に外廊下の板戸が開いて、藍衣を身につけた男二人が牢格子の中の囚われ人を確かめにきた。その腰に刀が携えられているのを見て、

（やっぱり父上が助けにこられた）

と思った。

駿太郎らが格子の中にいるのを確かめにきた男たちが、板戸を閉じて姿を消した。

「お夕姉ちゃん、もうしばらくのしんぼうじゃ」

それからどれほどの刻限が流れたか。

突然緊迫が破れたように戦いが始まった。そして、女の悲鳴が微かに牢の中にも届いた。

ふたたび藍衣の男たちが姿を見せて、こんどは外廊下に待機した。

別の者の気配が牢へと接近していた。

藍衣の男二人が顔を見合わせ、腰の刀に手をかけた。そして、一人が腰に下げた錠前の鍵に目を落とした。

駿太郎とお夕の始末を、駿太郎が移動の間にちらりと見かけた白髪のお頭に命

じられているのか。

「お夕姉ちゃん、牢の奥にじいっとしているのだ」

駿太郎は、牢の入口で竹柄杓を手に身構えた。お夕を守る気持ちであった。なんとも頼りない得物だった。だが、それしかなかった。どんどんという音が響く蔵の中で見付けた錆槍の穂先はいつの間にか取り上げられていた。

犬の吠え声が突然響いた。

なんとクロスケの声だ。

「クロスケが近くにおるぞ、お夕姉ちゃん！」

駿太郎の言葉にお夕が少しだけ元気を取り戻した。

ぴいぴーい
と竹笛が地中に響いた。

「やっぱり父上じゃ、竹笛を吹いておる」

駿太郎は叫んでいた。

「父上、赤目駿太郎は地下のろうにおりますぞ！」

錠前に鍵を突っ込む男に竹柄杓で水を汲んで格子の間からかけた。抵抗しようにもその程度のことしかできなかった。

「クロスケ、駿太郎はここにおるぞ」

駿太郎が大声を張り上げると、
わんわんわん！

クロスケが吠えたかと思うと、突然、板戸の入口に立つ見張りの足の間を黒い影がすり抜け、格子戸の前に躍り出てきた。

「クロスケ、助けにきたか」

「犬を先に始末せえ」

牢の戸を開こうとした見張りが仲間に命じた。

その瞬間、クロスケが機敏にも動いて相手の切っ先を躱《かわ》すと、牢の戸を開こうとした見張りの足首に嚙み付いた。

「おのれ」

と見張りの男が立ち上がり、仲間が助けに寄ろうとした。

その直後、新たな黒い影が見張りの背後から忍び寄り、木刀で、がつんと頭を叩いて、その場に昏倒させた。

黒犬のクロスケに足首を嚙まれたもう一人の見張りが立ち上がり、刀を構えた。

だが、クロスケが四股を踏ん張って、首を激しく振ったために男はよろけ、刀の狙いが決まらなかった。二歳の黒犬は、体重五貫を超え、がっしりとした体付きで力も強かった。

見張りの男が刀をようやく構え直すとクロスケの首筋を刺そうとした。

その男の首筋を忍び込んできた黒衣の男が一撃した。うっ、と声を詰まらせた男が意識を失い、牢の前に崩れ落ちた。

「駿太郎さん、お夕ちゃん」

女の声が二人の名を呼んで外廊下に姿を見せた。

「おしんさんだ」

駿太郎が喜びの声を発し、クロスケに続いて飛び込んできた黒衣の男が中田新八だと気付いた。

「駿太郎さん、よう辛抱されましたね」

おしんが錠前に挿された鍵を捻って錠前を外し、牢の格子戸を開いてくれた。

駿太郎が牢から出ようとして動きを止め、

「お夕姉ちゃん、さきに出よ」

とお夕に譲った。

「駿太郎さん、わたし……」

「駿太郎は赤目小籐次の子じゃからな」

なにかを言いかけたお夕を制して駿太郎がお夕の手を引き、牢から出し、自らも後に続いた。

おしんは、両腕に駿太郎とお夕をしっかりと抱きとめた。

「二人してようも我慢なされました。それでこそ赤目小籐次様の後継ぎでございます」

「おしんさん、父上もきておるのですね」

駿太郎がおしんの匂いに安心を感じながら尋ねると、

「赤目小籐次様がいなくては、かような真似は出来ませんよ」

とおしんが笑った。だが、笑いにまだ緊張があった。

新八は、気を失った見張りを引き摺って次々に牢に入れ、錠前を嵌めて鍵をかけた。

「おしんさん、二人を頼む。それがし、赤目様のもとへ向う」

と言い残した中田新八が、旧阿波津邸の文庫蔵に隠されてあった地下屋敷に通じる階段へと走り戻っていった。

「駿太郎さん、お夕ちゃん、私たちも行きますすよ」

おしんは二人の子どもの手を引いて地下屋敷をあとにした。

赤目小籐次は、御座間の畳に孫六兼元、駿太郎の小さ刀、それに備中次直を刺し立て、十数人の阿波津一族に囲まれ、対峙していた。

口に煙管《きせる》を咥《くわ》えた頭目の阿波津光太夫は、祝いの間の上段に身を移していた。

その阿波津が手にしていた六尺余の杖を上段の間の畳に、ぶすりぶすりと鈍い音を響かせて突き刺すと、祝いの間と御座間になじみの靄が漂い始めた。

「まいどまいどの一つ芸か。なんぞ新奇の趣向はなきか、阿波津光太夫芳直」

「さあてのう」

もう一方の手に口から外した煙管を保持すると、阿波津が一族に命じた。

「殺せ、赤目小籐次を業火で焼き殺せ！」

阿波津光太夫の口から呪文が流れてきた。雑賀衆の黒呪文だった。

小籐次の右手から殺気が襲ってきた。

次直を抜いた小籐次が切っ先を撥ね上げた。

ぎえぇっ！

と絶叫して藍衣の下忍《しのび》が倒れた。それがきっかけで一対十数人の乱戦が始まった。

不動の小籐次は時に次直を振るい、時にはもう一方の手に孫六兼元を手にして、両手斬りに舞い、前後左右から飛び違うように襲いくる阿波津一族を一人またひとりと確実に斃していった。

何人斃したか、次直も兼元も血糊で斬れが鈍くなっていた。

一族の頭目阿波津光太夫は相変わらず、

ぶすりぶすり

と竹杖で畳を突き刺して音を刻み、黒呪文を唱え続けていた。右手の煙管は差し出されたままで、薄くも紫煙を上げていた。

小籐次は両手の刀を畳に突き戻すと、駿太郎の小さ刀に替えた。

「赤目小籐次、最後の刻ぞ」

阿波津光太夫が宣告した。

「者ども、一気に酔いどれ爺を潰せ!」

と命じた光太夫が、煙管の火口から赤く燃えた刻み煙草を靄に向って捨てた。

黒呪文が高鳴り、靄が燃え上がって炎と化し、不動の小籐次に向って阿波津一族の残党といっしょになって猛煙が襲いかかってきた。

顔も手も炎に焼かれ、熱かった。さらには白髪交じりの蓬髪が、

ちりちり

と音を立てて燃え上がった。

小籐次は、熱さを堪《こら》えて小さ刀で正面から飛び込んできた者の喉首を刎ね斬り、その切っ先を横手に回して二人目を斃した。

小籐次の周りには紅蓮の炎が燃え盛り、輪を縮めてきた。だが、多勢に無勢の上に手にした武器は小さ刀だ。さらに炎が身を焦がした。

炎の向こうから三人が同時に捨て身の攻撃をしてきた。

小籐次は左手に身を寄せ、真ん中の者を小さ刀で躱すと、左手の攻撃者を素手で払おうとした。

そのとき、黒い影が飛び込んできて、左手の攻撃者を強《したた》かに斬り下げた。

中田新八だ、と思ったが言葉をかける余裕はなかった。右手から飛び込んできた相手に小籐次は小さ刀を投げ打っていた。

小さ刀を胸に突き立てた相手が竦んで後ずさりに尻餅をついた。

小籐次は一息を吐く暇もなく、血糊のついた次直を畳から抜いた。

そのとき、ちらりと祝いの間の阿波津光太夫を目に止めた。

ぶすりぶすり
と音を刻む光太夫の横手からクロスケが飛びかかり、白衣着流しの足首に嚙みついた。黒呪文が消えた。音が乱れ、炎が弱くなり、阿波津一族の残党の攻めの勢いが衰えた。

そのとき、御弓町に、
カンカンカン
と半鐘の音が響いて、阿波津光太夫芳直が罵り声を上げた。

「阿波津光太夫、おのれが先に地獄に参るときじゃぞ」

小籐次が言い放った。

「退散じゃ」

光太夫が命を発し、上段の間から逃げ去ろうとした。

小籐次は手にしていた次直を投げ打った。

血糊に染まった次直が虚空を飛んで光太夫の左袖を、腕ごと柱に串刺しにして縫い付けた。

「おのれ、酔いどれ小籐次め」

と叫んだ阿波津光太夫が、強引に左腕を引き千切ると柱に左袖を残して姿を消した。

いつの間にか炎が消えていた。

あれほど猛煙を上げていた阿波津屋敷は、何人もの阿波津一族の骸を残して元の御座間、祝いの間に戻っていた。

小籐次の研ぎ場もそのままにあった。

ただ血糊の付いた孫六兼元が畳の上に突き立っているのと、阿波津こひ、剣術家荒沢天童、阿波津一族の骸が横たわり、争いの痕跡を留めていた。

「新八どの、助かった」

「余計な世話でございましたかな」

「いや、酔いどれ小籐次、一瞬この世の見納めと思うた」

「赤目様が申されると戯《ざ》れ言《ごと》にしか聞こえませぬ」

と答えた新八の口調は険しかった。

表門辺りでざわめきが起こった。

「目付の出張りでございましょう」

と新八が言い、小籐次は祝いの間に向うと柱に刺さった次直を抜いた。すると白衣の左袖に阿波津光太夫の左腕が残されてあった。

「父上」

「赤目様」

と叫びながら駿太郎とお夕が御座間に姿を見せた。

「おお、無事であったか」

小籐次は血刀を研ぎ桶に浸けると、二人を抱き寄せた。

「よかった、二人が無事でよかった」

お夕が泣き出した。

「駿太郎さんが、駿太郎さんが」

「どうした、お夕ちゃんに駿太郎が世話をかけたか」

「違います、駿太郎さんにお夕が迷惑をかけました、助けられました」

「そなたらは姉と弟のように育ったのだ、助け合うのが家族というものだ」

とお夕に言った小籐次は、

「よう頑張ったな、駿太郎。それでこそ」

「駿太郎は、赤目小籐次のあとつぎにございます」

と言い切った。

旗本を監察糾弾する目付上席の当番目付新庄一兵衛が緊張の面持ちで旧阿波津光太夫の御座間に姿を見せたとき、赤目小籐次は、研ぎ場に座り、駿太郎の小さ刀の血糊を落すために砥石の上を前後に滑らせていた。

その様子を駿太郎とお夕が黙って見ていた。

いつもの研ぎと同じ動きで、旧阿波津邸のそこだけに静かな空気が流れていた。

新庄一兵衛は、戦いの跡を茫然と見詰めた。

「赤目小籐次、ご苦労であったな」

声がして老中青山下野守忠裕が姿を見せた。

「おや、老中様の出馬にございますか」

小籐次が視線を青山に向けた。

老中自らお取潰しになった旗本阿波津屋敷の騒ぎに姿を見せたことが、目付の新庄を緊張させている理由だった。

「老中、赤目小籐次どのと知り合いにございますか」

と糾した。

「酔いどれ様にはかねがね世話になっておる」

と青山が応じ、

「阿波津光太夫を逃したとな」

と小籐次に糾した。

「左腕は斬り落としましたが、あやつの詐術に惑わされ逃げられました」

「そのうちな、そなたの前にあやつは姿を見せよう。その折は、必ずや仕留めよ」

「老中には借りがございますでな」

「そういうことよ」

老中と一介の年寄侍が平然と問答するのを当番目付の新庄一兵衛は、驚きの眼で見ているしかなかった。

「新庄様、地下屋敷のご検分を」

と中田新八が声をかけ、

「われらはそろそろお暇《いとま》しようかのう。お夕ちゃんの親父様は、阿波津の注文に応じられなかったが、まあ致しかたあるまい」

と小籐次が自らに言い聞かせるように呟き、研ぎ場の片付けを始め、駿太郎とお夕が手伝った。

四

空梅雨かと思われた夏に、しとしとと雨が三日つづきで降り続いた。

小籐次は新兵衛長屋で雨に降りこめられ、駿太郎の相手をしながら、備中次直、孫六兼元、それに駿太郎の小さ刀の手入れを為した。

降り続いた雨は、最後に豪雨に変わった。ために堀留の石垣を超えて長屋の敷地に浸水するのではと案じられたが、その日の夕暮れには不意に止んだ。

翌日、からりと江戸の空は晴れ上がり、暑い夏が戻ってきた。

昼下がり、堀留の水がきらきらと輝き、淀んだ水を江戸の内海へと洗い流して、久しぶりに魚が泳ぐ姿が石垣から見られた。そんな光景を駿太郎、保吉、お夕が飽きずに眺めていた。

小籐次は、雨に打たれ続けた、鈴のぶら下がった風車の傍らに筵を敷き、そこへ研ぎ場を設けた。

からり、と強い陽差しを梅の葉叢《はむら》が遮って、木漏れ日が揺れて気持ちよかった。

小籐次は、雨の間に血糊などを丁寧に洗い流し、浄めた次直、孫六、小さ刀の三本の刀を持ち出し、仕上げを心地良い風が通る日陰の研ぎ場で為すことにした。

まず駿太郎の小さ刀の仕上げを済ませ、次直に取り掛かろうとしたとき、新兵衛長屋に訪問者があった。

老中青山忠裕の女密偵おしんだ。手に角樽を提げている。

「おや、本日は庭先が仕事場ですか」

「湿った長屋より外が気持ちがよいのでな」

おしんは小籐次に歩み寄ると、研ぎ場の傍らにあった縁台に角樽をおき、自らも腰を下ろした。

「かたは付いたかな」

「およそのところは」

とおしんが答え、

「阿波津光太夫一族の騒ぎ、四年前の御家取潰しの際の始末となんら変わることはございません」

とまず幕府の結論を述べた。

「まあ、騒ぎを改めて調べ直すとなると、幕府の各所に不始末が顔を覗かせるでな、新たな騒ぎが生じて幕府内に咎人《とがにん》も出よう」

「そういうことでございます」

「臭いものに蓋《ふた》をするのはお上がもっとも得意とするところであろう」

と小籐次が苦笑いをした。

「酔いどれ様が申されるとおりにございます」

と応じたおしんの機嫌は決して悪くないように見受けられた。

「主の言付けにございます」

「働き賃に角樽か」

「まあ、そんなところにございます」

と微笑んだおしんが、

「あの夜、赤目小籐次様が始末された阿波津一族は、剣客荒沢天童、光太夫の娘の阿波津こひを含めて十一人、牢に閉じ込められていた二人を除いて、逃げおおせた阿波津光太夫と残党は七、八人かと思われます。光太夫は、左腕を斬り落とされておりますゆえ、再起するにしてもだいぶ日にちを要しましょうな」

「あやつ、必ずこの赤目小籐次の前に戻ってくる」

「はい。あやつのことは、酔いどれ小籐次様に任せておけと、殿もそう申しておられます」

「都合よきことを申されるわ」

ふっふっふ、と笑ったおしんが、

「牢の二人の白状にて、駿太郎さんとお夕ちゃんが閉じ込められた破れ屋敷は、江戸川が神田川に合流する船河原橋、里人がどんどん、と呼ぶ堰の西側、御家人の平岩某の屋敷跡にございました。やはりお家取潰しになって永年空き家になっていたところです。阿波津一族のような不埒者《ふらちもの》が使わぬように取り壊されることになりました」

おしんの報告を次直の仕上げをしながら、小籐次は聞いていた。手慣れた研ぎ仕事だ、他人の話を聞きながらできたし、問い返しもできた。

「御弓町の旧阿波津屋敷も取り壊すか」

「そのことでございます。地上に建てられた屋敷の下には、まあ母家と寸分変わらぬ隠し屋敷がございまして、その普請たるやしっかりとしたものにございました。このまま放置すれば、また阿波津一族が戻ってこぬとも限りません。されど、どんどんの破れ家と異なり、旧阿波津家は、壊すには勿体なき屋敷ゆえ、幕府のしかるべき役職の方が御用屋敷として使うことがほぼ決まりましたとか」

「阿波津一族が長い歳月かけて普請した隠し屋敷が残るか。四年前、阿波津家お取潰しの折に、始末するべき屋敷であったのだ。さあて、ここで残して後々役に立てばよいが、新たな騒ぎのタネにならぬか」

「さあてどうでございましょう」

「おしんさん、わしの推量じゃがな、なんぞあの屋敷から出てきたものはないか」

「さすがは赤目小籐次様」

と褒めたおしんが、

「私どもに知らされておりませぬが、公方様にとって悪しき書付が出てきたとの噂を耳に致しました」

「おそらく四年前の阿波津家のお家取潰し、主切腹の沙汰と関わりがあるものであろう。それは白日の下に曝すわけにはいかぬのであろう」

「いきませぬ。もはや処分されたのではございますまいか」

「そんなところかのう」

「赤目様、本日角樽を持参した謂れを当ててみてくだされ」

「公方様の書付ではないようだな」

「ございません」

「となると残るは一つじゃな」

「ほう、赤目様は早お分りでございますか」

「阿波津家の地下、隠し屋敷のどこぞからそれなりの金子が出て参ったのではないか」

「金座の大判のみの製造を許された後藤四郎兵衛家から十数年前、大判の製造に使われる法馬金《ほうまきん》が三百余貫消えたことがあったそうな、わが主から聞かされた話にございます。大判の材料となる法馬金が隠し屋敷の壁の中から姿を見せたのでございますよ」

「それはそれは」

　小籐次は研ぎを止めて顔を上げた。

おしんの顔がほころんでいた。主の青山忠裕の手柄となる話なのであろう、と小籐次は思った。

「鋳造された大判でもそう簡単になんぞ購うということはできますまい。まして金の延べ板の法馬金をどう使うか、莫大な金子が動く成田不動尊出開帳の総頭取を阿波津が狙ったのも、この辺に謎が隠されておるのではと殿は考えておられます。たとえば三百余貫目の法馬金で仏像を建立し、あたかも出開帳の代価で造られたふうに装い、阿波津は、出開帳で集めた金を懐にする。法馬金の仏像はしかるべき時期に盗み出すという企みも考えられます」

「あれこれと思案しおるな」

小籐次はおしんに説明されても、大判の材料の金と成田不動尊で動く金子とがどう関わるのか、さっぱり見当もつかなかった。

「まあ、老中どのが好きなように考えられることだ」

「ただ今の幕府にとって壁に塗り込められてあった法馬金三百余貫、なんとも有り難い頂戴ものにございます」

「であったとしても研ぎ屋風情には関わりがなきことよ」

「その礼が角樽一つとはいささかけち臭うございます。私もこちらに持参するのが憚《はばか》られました」

「お夕ちゃんと駿太郎が戻ってきたのだ。その上、酒が届いた。上々吉というべきであろう」

「欲のないことでございますね、酔いどれ様は」

「欲を言い出せばきりがなかろう。その法馬金とて戻るべき場所に戻ったともいえる。老中どのに使われるべきところに有効に使うて下されと、おしんさん、言付け願おうか」

「承知しました」

とおしんが縁台から立ち上がり、

「この一件、表に出ることはございません」

と婉曲に念押しした。

「うちの長屋には版木職人の勝五郎さんがおるがな、こたびばかりは角樽のおこぼれにて我慢してもらおう」

「そう願いますか」

と軽く会釈したおしんの視線が鈴を提げた風車に向けられた。だが、このことについてはなにも触れず木戸口へと去った。すると、

「おしんさん、有り難う」

と叫ぶお夕と駿太郎の声が木戸口から響いてきた。

いつの間にか子どもたちは木戸口に回り、おしんを待っていたらしい。そして、お麻や桂三郎が礼を述べる言葉も聞こえてきた。

小籐次は笑みを浮かべて最後の研ぎに戻った。

本日は次直どまり、孫六兼元の仕上げは明日になるかと思案した。そのとき、

お夕と駿太郎が小走りに小籐次の研ぎ場までやってきた。

「父上、おしんさんに礼をいうたぞ」

「おお、わしの耳にも届いておったわ。まあ、そなたらが無事でなによりであった」

と応じた小籐次が、

「桂三郎さんとお麻さんにな、夕餉を皆で食さぬかと願うてくれぬか。酒が届いたでな」

「長屋じゅうで集まるのか、父上。久しぶりですね」

「おお、ひさしぶりのことじゃ。そなたらが無事に戻った祝いじゃ。なんぞ甘味が要るな」

立ち上がりかけたお夕がまた小籐次の前にしゃがんだ。

「赤目様、私、おりょう様の屋敷に行儀見習いの奉公に出ることは止めます」

と言った。

「おりょう様の屋敷に行儀見習いに出たとしたら、私、これまでと同じようにおりょう様や赤目様や駿太郎さんに甘えが続きます。それはよくないことです」

お夕は理由を述べた。

「そなたならさようなことにはなるまいが、なんぞやりたいことが見付かったか」

「お菓子職人になりたい」

「ほう、甘味の職人な。親父様、おっ母さんに話したか」

「未だです。私が願ってもだめなときは、赤目様、助けて下さい」

「お夕ちゃんが真剣に願えばお麻さんも桂三郎さんも許してくれよう、むろん手助けは為す。また、望外川荘の奉公話は気にかけぬともいい」

小籐次の言葉に頷いたお夕が、駿太郎の手を引いて木戸口へと走っていった。

するとこんどは勝五郎が姿を見せた。

「おしんとかいう女子と話し込んでいたがよ、なんぞめしのタネはねえか。お夕ちゃんと駿太郎ちゃんが無事に戻ってきたというのに、どんな騒ぎでよ、なぜ拐され、どうとり返したか、おれになにも話さないじゃないか。おれたち同じ長屋の住人だぜ、同じ釜のめしを食う家族のようなものだろうが。この前からよ、ほら蔵が何度もせっつきに来るんだよ、おれの立場にもなってみなよ。少しくらい喋ってもいいじゃないか、え、酔いどれ様よ」

「この話は止めておけ。もし読売にあらぬことが載るようだと、空蔵さんも勝五郎さんも手が後ろに回って小伝馬町の牢屋敷にしゃがむことになる」

「えっ、そんなやばい話かよ」

「そういうことだ」

「なんてこった。三日降り続いた雨のせいでよ、うち、ろくに食うもんもないんだぜ」

「酒は、おしんさんから頂戴した。勝五郎さん、ここに二朱ばかりある。豆腐屋に参り、なんぞ酒のつまみになりそうなものを購うてきてくれぬか。それと子どもたちに饅頭なんぞ甘いものを買うてきてくれぬか」

「角樽はいいとして、豆腐が菜かよ」

文句を言いながらも勝五郎が立ち上がり、

「長屋の衆よ、雨も上がったしよ、みんなで夕餉をいっしょにしてよ、酒を飲むぞ。菜があるところは菜を、酒が残っているところは酒を持って庭によ、集まりな」

と怒鳴って知らせた。

「まあ、落ち着くところに落ち着いたわ」

独り洩らした小籐次はふたたび次直に注意を戻した。

陽射しが西にゆっくりと傾いていき、風も出てきた。長屋から七輪を持ち出し、鰯を焼いているのか、匂いが漂ってきた。

小籐次はささやかな宴の仕度を目の端で追いながら、最後の仕上げに集中した。

ただ無心に次直の刃を押し、引いた。

どれほどの刻限が過ぎたか、研ぎは終わった。

次直を立て、出来具合を眺めた。

「よし」

と声を自らに洩らした小籐次に、

「赤目様」

と声がかかった。

こんどはお麻だった。

「どうしたな、お麻さん」

「私、こんどの一件で赤目様に未だちゃんとお礼を言ってなかったことに気付きました。お夕を助けて頂き、お礼の言葉もございません」

「われらは家族じゃぞ。改めて礼など水臭いではないか」

「いえ、こんどほど赤目小籐次様がうちの長屋におられてよかったと思えたことはございません」

「わしもこの長屋が終《つい》の棲家になるような気がする」

「望外川荘のおりょう様のもとに住まわれませんので」

「人間にはそれぞれ分というものがあるでな。お夕ちゃんや駿太郎には、出ていく新たな世間があろうが、老いぼれの赤目小籐次にはこの長屋の住み心地がたまらぬ。これからも宜しく頼む」

「はい」

と答えたお麻が、

「赤目様、お夕がなんぞ相談したのではございませんか」

と尋ね返した。

「そなたにその内相談があろう。それまで待ってやれぬか」

「だいぶ前のことです、お夕が桂三郎に錺職人にはなれないのかと訊ねておりました」

「女はだめじゃと断わられたそうじゃな」

「そのとき、お夕はそろそろ奉公に出る齢かと気が付きました。こたびの騒ぎの間、お百度を踏みながら願掛けしました。お夕と駿太郎さんが無事に戻ってきたら、お夕には好きな道に進ませようと願いました」

「その気持ちに変わりはないか、お麻さん」

ございません、とお麻が言い切った。

小篠次は話す頃合いかと口を開いた。

「お夕ちゃんは甘味職人の修業がしたいそうじゃ」

「甘味職人なら女子でもなれましょう。立派な甘味屋を探します」

とお麻が応じたとき、新兵衛長屋に、

「おい、豆腐を五丁、がんもどきに油揚げをしこたま買ってきたぜ。豆腐屋のやつ、売れ残りをぜんぶおまけしてくれやがったよ」

勝五郎の声がまた響いて、長屋じゅうが宴の仕度にかかった。

風は止んでいたが、雨続きのあとの夕暮れだ、爽やかだった。

「甘い物は購ったか」

「おうさ、大福を買ってきた」

「結構結構」

小篠次は洗い桶の水を堀留に流し、井戸端にいって新しい水を汲み直すと、研ぎ上げた駿太郎の小さ刀と次直の刃をきれいな水で洗い、布で拭った。

不意におりょうの顔が脳裏に浮かんだ。

むろん駿太郎とお夕を無事に取り戻したことは、あの夜の帰りに須崎村に立ち寄って知らせてあった。お麻に先にとも思ったが、まだ夜は明けきっていなかった。そこで須崎村に立ち寄ったのだ。

おりょうは、囚われの身で汗まみれになっていた二人のために急ぎ朝風呂を立てさせ、自ら糠袋で二人の体を次々に洗い流し、着替えを為して、新兵衛長屋に帰させていた。

あの折は、お夕もいたので慌ただしかった。駿太郎を伴い、ゆっくりと望外川荘を訪ねるか。

「駿太郎、研ぎ道具を長屋に運んでくれぬか」

と井戸端で願った小籐次に
「小さ刀と父上の刀もいっしょに運びます」

駿太郎が空になった洗い桶に砥石類を入れ、最後に次直と自らの小さ刀を載せて長屋へ運んでいった。

筵に残されたのは仕上げの終わらぬ孫六兼元だけだ。

小籐次は兼元を摑み、夕暮れ前の西日に刃を翳してみた。中砥で刃の毀《こぼ》れなどは直していた。だが、外の光で確かめようと思ったのだ。

その瞬間、風もないのに風車が回り出し、鈴の音が響いた。

その場にいた長屋の住人が風車と鈴を注視した。

小籐次は孫六兼元を西日に翳したまま、新兵衛が最後に姿を消した庭の真ん中あたりを見た。すると、腰を落とし、帯をだらしなく垂した新兵衛がよろけ踊るようなかっこうで姿を見せ、

「お麻、はらが減った」

と呟いた。

あとがき

新シリーズ『新・酔いどれ小籐次』（文藝春秋）を始めるにあたって、まず読者諸氏や書店各位にご迷惑をお掛けしたことをお詫びしたい。

『酔いどれ小籐次留書』を作者の都合によって中断させてしまった。シリーズの進行を途絶させることは、作者がいちばんやってはならないことだろう。各出版社には多くの読者諸氏や書店さんから問い合わせがあったと聞く。申し訳なくただ作者の不明と不徳をお詫びするしかない。

ともかくこのお叱りに作者が応える術は一つしかない。酔いどれ小籐次を江戸の市井に放り出したままにすることなく、新たな物語を書き継ぐしかない。これまで以上に神経を尖らせ、集中して『新・酔いどれ小籐次』を始めたいと思う。

新シリーズゆえに『新・酔いどれ小籐次㈠　神隠し』は旧作といささか設定を異にしている。

第一作の『神隠し』だが、おなじみの登場人物に加え、新しいキャラクターを得て、これまでとは異なる時代設定で始まる。それに旧シリーズに登場の駿太郎とお夕の年齢をいくつか年上にして物語は始まった。それは新シリーズが進行するにつれて二人の登場人物の年齢を高くしたことの意味を読者諸氏には理解していただけると思う。

時代小説に転向して十五年、この十月刊の『夏目影二郎始末旅・神君狩り』（光文社）にて二百冊を上梓し、節目を迎える。また偶然にも『夏目影二郎始末旅』シリーズは二百冊目の新作『神君狩り』で完結する。

一つのシリーズが始まり、一つのシリーズが完結する。作者の年齢を考えたとき、新シリーズの挑戦はこれが最後だろう。シリーズの定着には三、四年はかかるからだ。

さて、新作『神隠し』は、江戸の知られざる異界をテーマにした。

昔のことだ。まだ物書きになる以前、インドのラジャスタン地方でドキュメンタリー番組の演出を担当したことがある。そのタイトルバックをとるためにタール砂漠に土地の芸人一家を連れていき、音楽を奏でてもらいながら夜を待った。

陽気でありながら哀愁を帯びた音楽の調べに無人と思われた砂漠のどこからともなく人が集まり、夜空に手を差し伸べれば摑めそうなところに満天の星が輝いていた。そして、足元は漆黒の闇で、一歩踏み出せばそのまま暗黒の砂の中に引き込まれそうで、自然界とはかようなものかと畏怖を抱いた。

一転朝になれば色彩があふれるラジャスタン地方が私どもスタッフの前に戻ってきた。

眩しいほどの光があればこそ、夜の闇の深さが際立つ。

江戸の照明は、菜種油に浸した灯心の光や蠟燭のほのかな灯りだ。この灯りの中では人の目が把握できる世界は極度に限定されるだろう。長屋の厠に行こうとすれば灯心の灯りの外には深い闇が広がっていたのだろう。

イルミネーションに照らし出される現代社会から想像もつかない光と闇の江戸世界だ。そんな江戸の異界を私なりに明るく描いてみた。

新シリーズの始まりを以て、作者の我儘を許して頂きたいと切に乞い願う。

平成二十六年五月吉日

熱海にて　　佐伯泰英

この作品は文春文庫のために書き下ろされたものです。

文春文庫

定価はカバーに表示してあります

神《かみ》隠《かく》し

新《しん》・酔《よ》いどれ小籐次《ことうじ》（一）

2014年8月10日　第1刷

著　者　佐《さ》伯《えき》泰《やす》英《ひで》

発行者　羽鳥好之

発行所　株式会社 文藝春秋

東京都千代田区紀尾井町3-23　〒102-8008
TEL 03・3265・1211
文藝春秋ホームページ　http://www.bunshun.co.jp

落丁、乱丁本は、お手数ですが小社製作部宛お送り下さい。送料小社負担でお取替致します。

印刷・凸版印刷　製本・加藤製本

Printed in Japan
ISBN978-4-16-790156-1

文春文庫　書きおろし時代小説

（　）内は解説者。品切の節はご容赦下さい。

あさのあつこ
燦《さん》 1 風の刃《やいば》
疾風のように現れ、藩主を襲った異能の刺客・燦。彼と剣を交えた家老の嫡男・伊月。別世界で生きていた二人には隠された宿命があった。少年の葛藤と成長を描く文庫オリジナルシリーズ。
あ-43-5

あさのあつこ
燦 2 光の刃
江戸での生活がはじまった。伊月は藩の世継ぎ・圭寿と大名屋敷住まい。長屋暮らしの燦と、伊月が出会った矢先に不吉な知らせが。少年が江戸を奔走する文庫オリジナルシリーズ第二弾！
あ-43-6

あさのあつこ
燦 3 土の刃
「圭寿、死ね」。江戸の大名屋敷に暮らす田鶴藩の後嗣に、闇から男が襲いかかった。静寂を切り裂き、忍び寄る魔の手の正体は。そのとき伊月は、燦は。文庫オリジナルシリーズ第三弾。
あ-43-8

井川香四郎
男ッ晴れ
樽屋三四郎　言上帳
奉行所の目が届かない江戸庶民の人情と事情に目配りし、事件を未然に防ぐ闇の集団・百眼と、見かけは軽薄だが熱く人間を信じる若旦那・三四郎が活躍する書き下ろしシリーズ第1弾。
い-79-1

井川香四郎
ごうつく長屋
樽屋三四郎　言上帳
長屋の取り壊し問題で争う地主と家主、津波で壊滅した町の再建に文句ばかりで自分では動かない住人たち。百眼の潜入捜査、名主たちとの連携プレーで力を尽くす三四郎シリーズ第2弾。
い-79-2

井川香四郎
まわり舞台
樽屋三四郎　言上帳
幼馴染の佳乃と出かけた芝居小屋が狐面の男たちにのっとられた！　観客を人質に無茶な要求をする彼らの狙いとは？　清濁あわせのむことを覚えつつ、成長する三四郎シリーズ第3弾。
い-79-3

井川香四郎
月を鏡に
樽屋三四郎　言上帳
借金を返せない武士が連れて行かれたのは寺子屋。「子どもを教えろ」という貸主の背後には陰謀が渦巻いていた。樽屋には今日も江戸中から揉め事が持ち込まれる。三四郎シリーズ第4弾。
い-79-4

（　）内は解説者。品切の節はご容赦下さい。

井川香四郎
福むすめ
樽屋三四郎　言上帳

貧乏にあえぐ親が双子の姉妹の姉だけ吉原に売った。長じて再会した時、姉は盗賊の情婦だった。「吉原はつぶすべきです！」庶民の幸せのため奉行に訴える三四郎。熱いシリーズ第5弾。

い-79-5

井川香四郎
ぼうふら人生
樽屋三四郎　言上帳

川に大量の油が流れ出た！　大打撃を受けた漁師たちが日本橋の樽屋屋敷に押しかけた。被害を抑えようと、率先して走り回る三四郎だったが、そんな時――男前シリーズ第6弾。

い-79-6

井川香四郎
片棒
樽屋三四郎　言上帳

富籤で千両を当てた興奮で心臓が止まった金物屋。死体を運ぶことになった駕籠かきの二人組は事件に巻き込まれる。金のために人を殺めるのは誰だ？　正念場のシリーズ第7弾。

い-79-7

井川香四郎
雀のなみだ
樽屋三四郎　言上帳

銅吹所からたれ流される鉱毒に汚された町で体調不良に苦しむ町人。「こんな雀の涙みたいな金で故郷を捨てろというのか！」大規模な問題に立ち向かう三四郎。シリーズ第8弾。

い-79-8

風野真知雄
耳袋秘帖
妖談うしろ猫

名奉行根岸肥前守のもとに、伝次郎が殺されたとの知らせが入る。下手人と目される男は「かのち」の書き置きを残して、失踪していた。江戸の怪を解き明かす新「耳袋秘帖」シリーズ第一巻。

か-46-1

風野真知雄
耳袋秘帖
妖談かみそり尼

高田馬場の竹林の奥に棲む評判の美人尼に相談に来ていたという女好きの若旦那が、庵の近くで死体で発見された。はたして尼の正体とは。根岸肥前守が活躍する、新「耳袋秘帖」第二巻。

か-46-2

風野真知雄
耳袋秘帖
妖談しにん橋

「四人で渡ると、その中で影の消えたひとりが死ぬ」という「しにん橋」の噂と、その裏にうごめく巨悪の正体を、赤鬼奉行・根岸肥前守が解き明かす。新「耳袋秘帖」シリーズ第三巻。

か-46-3

|著者| 吉村 昭　1927年東京生まれ。学習院大学国文科中退。'66年『星への旅』で太宰治賞を受賞する。徹底した史実調査には定評があり、『戦艦武蔵』で作家としての地位を確立。その後、菊池寛賞、吉川英治文学賞、毎日芸術賞、読売文学賞、芸術選奨文部大臣賞、日本芸術院賞、大佛次郎賞などを受賞する。日本芸術院会員。2006年79歳で他界。主な著書に『三陸海岸大津波』『関東大震災』『陸奥爆沈』『破獄』『ふぉん・しいほるとの娘』『冷い夏、熱い夏』『桜田門外ノ変』『暁の旅人』『白い航跡』などがある。

白《しろ》い遠景《えんけい》
吉村《よしむら》 昭《あきら》

2015年3月13日第1刷発行
2023年2月2日第4刷発行

発行者――鈴木章一
発行所――株式会社 講談社
東京都文京区音羽2-12-21　〒112-8001
電話 出版 (03) 5395-3510
販売 (03) 5395-5817
業務 (03) 5395-3615

Printed in Japan

講談社文庫
定価はカバーに表示してあります

KODANSHA

デザイン―菊地信義
本文データ制作―講談社デジタル製作
印刷―――株式会社KPSプロダクツ
製本―――株式会社KPSプロダクツ

ISBN978-4-06-293057-4

講談社文庫刊行の辞

二十一世紀の到来を目睫に望みながら、われわれはいま、人類史上かつて例を見ない巨大な転換期をむかえようとしている。

世界も、日本も、激動の予兆に対する期待とおののきを内に蔵して、未知の時代に歩み入ろうとしている。このときにあたり、創業の人野間清治の「ナショナル・エデュケイター」への志を現代に甦らせようと意図して、われわれはここに古今の文芸作品はいうまでもなく、ひろく人文・社会・自然の諸科学から東西の名著を網羅する、新しい綜合文庫の発刊を決意した。

激動の転換期はまた断絶の時代である。われわれは戦後二十五年間の出版文化のありかたへの深い反省をこめて、この断絶の時代にあえて人間的な持続を求めようとする。いたずらに浮薄な商業主義のあだ花を追い求めることなく、長期にわたって良書に生命をあたえようとつとめるところにしか、今後の出版文化の真の繁栄はあり得ないと信じるからである。

同時にわれわれはこの綜合文庫の刊行を通じて、人文・社会・自然の諸科学が、結局人間の学にほかならないことを立証しようと願っている。かつて知識とは、「汝自身を知る」ことにつきていた。現代社会の瑣末な情報の氾濫のなかから、力強い知識の源泉を掘り起し、技術文明のただなかに、生きた人間の姿を復活させること。それこそわれわれの切なる希求である。

われわれは権威に盲従せず、俗流に媚びることなく、渾然一体となって日本の「草の根」をかたちづくる若く新しい世代の人々に、心をこめてこの新しい綜合文庫をおくり届けたい。それは知識の泉であるとともに感受性のふるさとであり、もっとも有機的に組織され、社会に開かれた万人のための大学をめざしている。大方の支援と協力を衷心より切望してやまない。

一九七一年七月

野間省一

講談社文庫　目録

輪渡颯介　夢の猫　古道具屋　皆塵堂
輪渡颯介　呪い禍　古道具屋　皆塵堂
輪渡颯介　髪追い　古道具屋　皆塵堂
輪渡颯介　溝猫《どぶねこ》長屋　祠之怪《ほこらのかい》
輪渡颯介　優しき悪霊〈溝猫長屋　祠之怪〉
輪渡颯介　欺きの童《わらし》霊《れい》〈溝猫長屋　祠之怪〉
輪渡颯介　物の怪斬り〈溝猫長屋　祠之怪〉
輪渡颯介　別れの霊祠〈溝猫長屋　祠之怪〉
輪渡颯介　怪談飯屋古狸
綿矢りさ　ウォーク・イン・クローゼット
和久井清水《きよみ》　水際のメメント〈きたまち建築事務所のリフォームカルテ〉
和久井清水　かなりあ堂迷鳥草子《めいちょうそうし》
若菜晃子　東京甘味食堂

講談社文庫　目録

古典

2022年12月15日現在